検証　伊藤整——戦時下と敗戦後の諸作品をめぐって

まえがき

新型コロナウイルスが世界中に猛威を振るいどこの国、地域でも「感染」予防対策に必死だ。ペスト関連をテーマにした小説が売れているとも聞く。その代表格は何と言っても、ジョヴァンニ・ボッカッチォ（一三一三―七五年）の『デカメロン』（一三四八―五三年）の第一日目のまえがきで、ペスト（黒死病）が花の都フィレンツェを席巻するありさまを活写した、延々と続く目を覆いたくなるような惨劇であろう。『デカメロン』執筆の動機がペスト襲来の描出にあったとさえ言われている。

令和の感染がひとを死に追いやる率は一四世紀中葉のペストの時代ほどではないが、ペスト菌が東方世界からクマネズミによってもたらされたことはわかっている。だが、今般のコロナ禍の場合、いまだに（この原稿を書いている二〇二〇年十月十一日現在）不明のままだ。クマネズミに付着したペスト菌によるペストは、その後だいたい五、六年の周期で西欧諸国を襲い、ドブネズミが東方からやって来てそれを餌食としてやっと収束する。十九世紀のことである。

伊藤整の本なのになぜこうした話題を提示したかと言うと、特に『デカメロン』の内容が本書との関係に深く関わるからだ。それはつまり伊藤整の文学とも、である。『デカメロン』は、ペストで生々しい「肉体の死」を目の当たりにしたひとびとの死生観が、来世肯定から現世肯定へと意識が転倒（パラダイムの転換）し、死者の視点に立って生者をみつめる一種虚無的な視線へと移ろっていく。作者はその惨たらしい現実社会を創作の舞台として、そのなかで生きる庶民や商人(市民)、堕落した僧侶や恋愛・冒険譚等を、「エロ・グロ・ナンセンス」を武器に生き生きと描いている。価値観が一八〇度転倒した社会に起こった、中・下層階級を核とした日常生活の描写である。

伊藤整と関係があるのは庶民の日常生活の細部へのこだわりだ。『デカメロン』でボッカッチォは飲み、食い、排泄し、肉欲に溺れる、そういう人物像を意識して(隠語を駆使しながら)描き出している。読者にとっては自分と等身大の人間をそこに認めることになる。

整によると宗教や哲学の部類は人生(人間観)の結論に重きを置いたものだが、文学は生きる味わいに留意した分野だと言う。まさにその通りで、宗教的著作からは救いを見出せようし、哲学からは生きる意義や目的を読み取れようが、生きているという実感や味は文学作品を読むときやその他の芸術に触れる際に限られる。

伊藤整という人物はこのような分析でもわかるように、戦前、詩人として出発し、ジョイスやD・H・ロレンスなどの英文学をいち早くわが国に紹介して新心理主義文学を提唱し、同時に文芸批評家や小説家としても活躍するが、敗戦後には文学理論の著作を発表するにいたる。そこには東西の比較文学文化文明論を素地とした独自な文学論の展開が見て取れる。その際、彼の論法の特徴として必ず、その時期の「社会構造」と文芸作品のとの関わりに目を向けている。文学が先か社会構造が先かという問題ではなく、双方相まって時代の文学・言語空間を造成している、という立ち位置を整は取る。そして強調したいことは自分で構築した理論に沿って創作を行なった、という点である。有言実行のひとなのだ。

本書で扱う、戦前の二作品（『得能五郎の生活と意見』、『得能物語』）とその時期の評論群、それに敗戦後の二作品（『鳴海仙吉』、『伊藤整氏の生活と意見』）とその頃の評論集について、小説は四作とも戯作的作品で、悪く言えばひとを食ったようなもので、良く言えば、斜に構えて世相を、知識人を裁断する冴えをみせている。また「～の生活と意見」という具合に断り書きがついているところが味噌で、文芸作品が「生活」を描くといったいどうなるかを目の当たりにすることが出来る。本文で詳しく論ずるが、結果としてそれらの作品は当時の文芸評論家から難詰される。しかしそれが果たして正鵠を射ていたかどうかも確かめたい。

なぜなら整は、そうした攻撃を逆手に取って（即ち、相手の批判を利用して、反対に論難し返して）、縦横無尽に作品化しているからだ。

同時期の評論には小説に盛り切れなかった、俗に言う「伊藤整理論」（特に敗戦後）が詰まっていて、その核に、他者に認めてもらいたくて仕方がない「愛」を乞う「愛情乞食」という痛烈な文人への本質的な指摘がある。それに、近代日本の未成熟な市民社会での、止むを得ない私小説の誕生、それに対峙する形で地位のある社会人として論理的に生きた鷗外、漱石の苦悩など、読み応えがある。

本書執筆の動機は、整の視座を借りることで「社会構造」と「文学」の相関関係を概略化し、昨今の乱脈な政治体制を、戦前の十五年戦争時に書かれた作品と敗戦後の作品で検証、反映させ、整の思考形態と時代精神に迫ってみたいと思ったからである。それゆえ一応評論だが、『〜論』より『検証』に近い。

さて本論に入る前に伊藤整自身が、ここで扱う作品までの自作を分類しているので示しておく——「自作案内」(新潮社版・『伊藤整全集』第十四巻)。彼は三つに分けているのだが、肝心の初期の新心理主義文学に拠った実験的作品で分類が始まっていないのが奇異である。最初の「庭作りの話」はとてもうまく仕上がっているが、これはチェーホフの「老園丁の話」の翻案にすぎない。次の「丘」から「飛躍の型」、「錯覚のある配列」、「夢のクロニクル」、「感情細胞の断面」などの短編群。これらは主にひとりの女性を巡る二人の男との三角関係を扱っているが、こう言っては実験的作品には失礼で、あるいはその種の作品が背負う定めかもしれないが、作品に「実」がない。空虚感が漂う。だから整は意図的に分類を避けたのだろうか。

その三つ。一つ、「馬喰の果」、「隣人」のような北海道の風土に根差した質朴で野性的で郷土色の豊かな客観小説。二つ、「撫でられた顔」、「青い鉄柵」のような都会的心理的風俗描写作品。三つ、「生物祭」、「イカルス失墜」などの観念的で散文詩的な作品。以上の三種類である。「生物祭」は、作者自身が小説を書いたと実感を得た最初の作品だと思っており、その文体の結実度の濃密さで吉本隆明に絶賛されている。

「自作案内」はここで終わっているのではなく、整を昭和十年代の作家としての地位を文壇に認めさせた(『街と村』)の第一部である「幽鬼の街」(一五〇枚)を挙げている。これは第二部の「幽鬼の村」とまとめて一作として、昭和十四年に第一書房から出版された。これこそ、ダンテ『神曲』の地獄篇の影響下の作品であって、ここまで書くか、という読み応えがある衝撃的自己暴露作である。

「自作案内」はここで終わっているが、本書最初に扱う『得能五郎の生活と意見』の刊行までに、整は重要な作品を書いているので、「自作案内」の補筆をしておこう。二作だけ挙げておく。最初の書下ろし作品である『青春』(河出書房、一九三八〔昭和十三年〕)がまず一作目。過日、〈青春〉と名のつく作品を集中的に論じた評論が二、三冊、文芸評論家によって刊行されたが、なぜか伊藤整の「青春」がいずれの本からも抜け落ちていた。なぜかわからないが、この本は戦時下でも版を重ね、文筆一本での伊藤家の家計をうるおしてくれた書である。北海道出身の私に許されるなら、「青春」という書名ではないが、有島武郎の『星座』も加えたい。二作目は、同じ漢字の名前を持つ女性なら必ず読むと思われる、二冊目の書下ろし作品『典子の生きかた』(河出書房、一九四〇〔昭和十五〕年)である。これも印税をもたらす作品だった。二作に共通しているのは、ともに若者の生活感、恋愛小説、男女の心理描写に秀でている点だ。いま読んでもわくわくさせる。

このほかにもあるが、「生物祭」と『得能五郎の生活と意見』との間を埋める作品として、これら二作を挙げておく。断っておくが、戦時下の作品は『得能五郎の生活と意見』と『得能物語』だけではない。全集に収録されていない諸作品がたくさんある。なにせ、非常勤講師で出講している大学に加えて現金収入の道は、いまではもう名前すら忘れられている版元からの評論や小説の注文で得る原稿料と、これまでの本から上がってくる印税のみだったからだ。金銭をめぐる夫婦喧嘩や貞子夫人の抱く不安感が当時の日記にはよく出てくる。

ともあれ、計五つに分類可能だ。

今回言及するのはこの五分類以降の作品群である。換言すれば、これまでの作品に満足できていない整がいる。新たな一歩が必要だったのだ。

以下は「あとがき」で述べる内容かもしれないが、総括的なことになるので前倒ししてここで触れておく。伊藤整という作家は、根本的に小説の成り立ちに関心があったひとで、そうした観点から作者である「私」を主軸とした「私小説」と、人間の核心部である「性」に目を向けた、と私は考えている。本書で取り挙げる戯作的作品と、とりわけ敗戦後の構造分析的な評論がそのよい例であろう。ひそかに整は作品の背後から、その作品をうかがい、かつ意識的に探究していたのではないか。本書をご一読に当たっては是非、こうした整の「企図」にも配慮してほしい。

一昨年(二〇一九年)は伊藤整没後五十年に当たり、東京駒場の日本近代文学館で、名著『日本文壇史』を中心とした展示会が開かれた。

なお、引用する伊藤整の出典は、みな新潮社版・『伊藤整全集』全二十四巻(一九七二―七四年)による。

検証　伊藤整——戦時下と敗戦後の諸作品をめぐって＊目　次

検証 伊藤整――戦時下と敗戦後の諸作品をめぐって

澤井 繁男

第Ⅱ部　敗戦後の二作品

第I部　戦時下の二作品

はじめに

戦時下の二作品で伊藤整が書こうと思ったのは、同時代の知識人の生きざまであったと考える。その場合、表題をみてすぐに連想したのが、漱石の『吾輩は猫である』だ。『猫』はそれほど容易な作品ではない。主人公は中学校の英語教諭である苦沙弥先生だが、「吾輩」という名前のない雄猫が本来的な主人公、というよりも人間世界の観察者であり風刺者でもある（この手法はある意味で「額縁小説」の感がある）。

この明治を代表する作品は整誕生と同年の、一九〇五年のもので、翌〇六年に漱石は『坊っちゃん』を、藤村は『破戒』を自費出版している。一九〇四年二月から一九〇五年十月までは国を挙げての日露戦争の最中であった。さて、『猫』のなかでのユーモアや風刺、それにパロディーが苦沙弥先生を客体化するのに役に立ち、さらにそれを猫が観察するのだから、苦沙弥先生の立場は、多数の登場人物に囲まれて丁々発止の議論展開と相まって、いっそう「猫」によって客観的立ち位置を得る。こうした操作が整の『得能五郎の生活と意見』と雰囲気的に酷似している。そう思うひとは少なくないだろう。共通なのは、登場人物が「意見」を持ち、それを発言するという点にある。

漱石も整も英文学に精通しており、整の場合作品中でその名を告白する（『得能五郎の生活と意見』第四章）が、ロオレンス・スターン著『トリストラム・シャンディの生涯と意見』を、『猫』も

『得能』も下敷きにしている。これはあとで気がつく点だが、『得能五郎の生活と意見』も、ユーモアと風刺とパロディーの精神にあふれていて、得能が整自身でありながら、世間で言われている「私小説」とは趣を異にする風変わりな私小説作品である。『猫』も極論すれば私小説の概念に収まるだろう。

それでも私小説と言い切れないのは、作者が作中で意見を述べ、かつ諧謔精神に充ちていて、読者と適宜な距離を保ち得ているからだ。激しい作者の懺悔あるいは自己告白で成り立つ日本特有の私小説が、ユーモアや風刺などで包まれると、告白の度合いが落ちて、あわよくば文学作品としてみなされなくなる恐れがある。作品の価値を告白の深度に求めるために起こる誤解だ。

漱石や鷗外が余裕派とか徘徊派とか呼ばれる頻度が高ければ高いほど、それだけ「本格的な私小説」から離れてしまい、同時に整の『得能』ものも、一種独特な私小説とみられがちになる。整はそれを承知で確信犯的に執筆している。このことからも、私小説の伝統を逆手に取って書き進めたと考える。

ところで整の戦時下の作品としては、『得能五郎の生活と意見』〔河出書房、一九四一〔昭和十六〕年四月十六日〕と、『得能物語』〔河出書房、一九四二〔昭和十七〕年十二月十日〕の、いずれも長編二冊がある。

両書とも、「些細な《トリヴィアル》」事柄をことさら書きつらねているという理由で当時の文芸評論家から批判されている。二作とも伊藤整流の私小説であるが、他の私小説作家の作品と違って、その特色が「告白調」ではないこと、また、わが身を追い込んだ末の、そのあがきを書き記した作でもない点もその特色としている。

そしてなによりも大切なことは、作品のタイトルにも挙がっている「生活」とは、些細な事柄で成り立っているのであって、それを描写してゆくには、「意識の流れ」のような自動筆記形態、また生活を送る上で生じるいろいろな不確かだが、作者が表現するに足ると判断するものをも記しているということだ。表現が細かくならざるを得ないのは当然だろう。これを批難の対象とした当時の文芸評論家はその点どこか勘違いしている。だが両作品とも、受賞はのがしたが、「新潮社文芸賞」の最終候補に挙がっており、川端康成に高く評価されている。

1.『得能五郎の生活と意見』

文学者としての自分

まず『得能五郎の生活と意見』の第一章「空地耕作」を検分してみよう。

そこには朝の目覚めを分析的にこう描いている――「彼は注意深く睡眠の量をはかる。もう眠りが足りたかどうか、彼は容器のなかで何かの液体をゆすぶるように頭をすこし動かしてみる。その動揺が頭の隅々まで行きわたるようだと眠りが足りたと思うのだ」。液体は器を充たすものであり、それと睡眠の多寡を重ねたこの一文は、比喩的に出色である。詩作から出発した整らしく、散文のなかにその技量をいかんなく発揮している。

さて、この章を貫く思潮は、「時局」と「物書き（文学者）である自分」との対比と言ってもよい。支那事変とヨーロッパでの戦争の最中、得能は平穏な日常を送っていて、睡眠時間もたっぷり八時間取っている、という市民的な自分の位置の追認（後ろめたい確認）だ。

次に、子供たちの登校風景、寝床での新聞読み、食事の光景、二階の書斎とその構造の説明とこと細かな描写が続く。そして借家であるわが家の立地と二階の窓からみえる、地主がわからぬ耕地の在り様……。

藷《いも》などを植えている、得能が自分で決めた土地の描写に始まって、ついに「読者も到底理解できないだろうと思うが」で結ばれる他人の畑も含めたじつに詳細をきわめた記述がなされている。そして耕作の理由は「時局」にあるという――「戦争が四年も続いているのだから、文学などという仕事がその以前と同じように存続できなくなることもやむを得ない」と吐露しては、文字を連ねる紙の配給や購入の懸念に心は走る。

得能は気配りのよいひとで、それは耕地開墾の際の近所の耕作者との土地の境への配慮にも見て取れる。それを整は丹念に記述してゆく。これをトリヴィアルと言えないこともないが、例えば、測量士が自他の土地を計測する作業を文章化したとみなせば、それは「トリヴィアル」ではなくなる。ただ、『得能』が文学作品だから些末な枝葉は切り棄てるべきだとするならば、それは『得能』自体の評価を見誤ることになる。

なぜなら整は意図的、確信犯的にあまねく記載しているからだ。実生活を作品化する場合に、整の取った立場は、「いわば既成のあらゆる文学的護符をかなぐりすてた場所に、みずからの裸身を横たえようとしたことだ」(平野 謙)に帰する。従前の私小説・心境的精神安定型小説にたいしてのアンチ・テーゼとみてよいだろう。それをあえて私小説の枠内で戯画化して、自身の生活をさらけ出してみせている。

したがって一見、トリヴィアルに映り、実際そうなのだが、そこまで叙述することで整の文章がやっと記述形態に飛翔していくことになる。客観的な叙述の集合体が、書き手の主観の総体となって記述に格上げされる。以下の文章が顕われたとき、読み手は得能の、執筆にたいする心根と一体となって、しみじみとした吐息にも似たものを味わう。

原稿を何枚か書くということは、時にはその枚数だけ気持ちが滅入るようなこともあって、不安や怖れがつきまとうのだが、土を掘るということは、確かで間違いなかった。彼には新しい印象であった。

得能は原稿がうまく書けず、室内をぐるぐる歩きまわるようなときには、そのぐるぐるまわりの輪がはじけて延びるように、きっと下駄をつっかけて畑に出、じっと薯の芽のそばに蹲る。そばに生えている小さな雑草を手でむしるぐらいのことしかしないのだが、それでも楽しく、心が落ちつくのだった。

執筆作業と農作業とを対比しているが、物書きである得能の真率な心情吐露とみてよい。目にみえる所作がいかに人間に安らぎをもたらすかを、この二文は語って余りある。ここではもうトリヴィアルな生活は姿を消して、微細な事どもが、執筆と土いじりという二つの領域に止揚され、得能は耕作に救われることになる。

これを土俗回帰とかその種の言葉で表現すべきではないだろう。得能は確信を得たいのだ。自己の作品にたいしての確固たる認知であるのはむろんだが、耕作という行為で自身の生への認識を強めたかった。揺るぎのない大地と、ふわふわした物書き業を照合すれば、とうぜん導き出せ得る結論だが、そこまでにいたるのに得能は、生活を構成している時勢をはじめとしてあらゆるものを持ち出してくる。そうしなければある意味で精神の安定が保てない。つねに社会・時局とのつながりを持つことが得能には必須だ。

われわれの日常生活がこまごましたものの集積であるのは承知のはずで、得能はそれを紙上であえてやってみせている。これは画期的なことで、繰り返しになるが、その際の手法として戯画化《カリカチュア》を用い、その結果風刺や相対化が加味される。

第一章の内容をここでまとめてみると、時局（戦争）にたいするみずからが置かれた平穏な日々を後ろ髪を引かれるように追認する自己の存在。畑仕事での近所のひとたちとの土地の境目へのこと細かな留意。土を耕しているときに得られる安堵の念と安心感、それにくらべて原稿執筆時の不安感——だいたいこの四点だろうが、なかでも「耕作」が「執筆」の比喩とされているのは注意すべき点だろう。

「農業」の英訳は *agriculture* で、*agri* はラテン語（*agricolor*）「農業を営む」という単語の語頭）で「農業」の意味。残りの *culture* は「文化」を指す。「文化」とは人間の営みだから、「農業」とは荒野に「文化」をもたらすものとなる。これは白紙の原稿用紙に文字という文化を刻みつけ書き連ねていくことと同意だ。

抱容（擁）力

ところが整はこれだけでは書き足りなかったのだろう。第二章の表題が「再び空地耕作」になっているからだ。

冒頭からこう書いている。

自分の記す言葉には包容力がなく、「槍かなにかのように、自分の考えた一点に突きささる性質をもっているように思われ」て「ふと寂しくなる」と。

こうした言葉は、論戦などの批判には役立つのだが、得能はそれを「困ったこと」だとみて、文はひとなり、という格言も否定している。しかしここからが得能らしいのだが、「ひそかに心の奥の方で、彼は信じているのだ、これが自分なのだ」と。得能はこの矢のような論難の武器を手にして「相手をこらしめる性格」で、「そこでもう精神力の燃焼が尽きて、あとは頭の働きが立ち往生し」て浮かぬ顔の表情になる。待ってくれもう少し考えねばという「躊《とま》った顔になる」。

これは批評家としても一家言持っていた得能が身にまとっている鎧《よろい》を脱いで、内的告白をした、実に興味深い箇所だと言えよう。「ふと寂しくなる」、「相手をこらしめる性格」、「躊った顔」というふうに揺れ動く物書きの姿を誠実に書き込んでいる。ここでみえてくるのは、戯画化を越えた自己韜晦である。感情、性格、表情を打ち出して、得能はその本体を、読者の目から行方をくらましている。その彼方に作者である伊藤整の姿がみえてくる。

得能はいずこに姿をくらましたのか？　小説家である整は、得能五郎を主人公とした小説を書かなくてはならない。整と得能がここで重なり、整は得能を自分の分身として描くこととなる。だが「生活と意見」を表題としたこの作品ではそれでは客観性が薄れる。そこで整は以下の五点を掲げて戒めとしている（五点の内容では、整＝得能、得能＝整、と理解して構わない）。

第一に、畑や田園で継承されてきた耕作者たちの言葉は、作物それ自体に付随する言語で、いくら場所が都会といっても、住民はみな農民の出で、彼らが期せずして使う言葉がいかに美しいものか、得能は何代にもわたる耕作者たちを思い浮かべてはただ驚く。ここには、土（大地）と人間との目にみえない交流や絆を会得した得能の体感した歓びと発見がある。土俗でも土着でもない、五感と土地との交歓である。

第二に、人物造型の対象には自分が最も知っていて愛してもいる人物が最適だが、そのひとを描けば、その人物を赤裸々にしてしまう。となれば、双方の友誼が敵意となって、書き手は「作家地獄」に墜ちることになる。だが他方で、地獄こそが作家の住まう家だと、整は「痛痒気味に」言ってのける。

第三に、整は言葉にたいする批評家的反省がいろいろな面で現われてくると述べる。その最たるものは近所のひとたちとの接し方なのだが、そこには「耕作（地や方法）」が必ず関わってくる。整の外での活動が耕作にあるからなのだが、一考するに、言葉と耕作地は意味的展開で一体である。即ち、言葉は、「言われたこと（口から表現されたもの）」であって、その逆ではない。「耕作（地）」とは、「耕された土地」の意味で人為的行為を指していて、反意語は「自然」だ。双方ともに、言語学でいう「意味されるもの」が根底にあり、受動的思量だ。この反対が、「言う（表現する)ひと」、つまり作家(物書き)であり、「耕作者」(も「意味する(耕作する)者」と同値である)。整は言語による芸術作品の記述それ自体のなかに、書き手(執筆者)としての、幾分自意識過剰な自覚を植え込んでいる。まさに、「表現すること」＝「耕作すること」であり、まさに戦略的手法だ。これが『得能』ものの二作ともに貫かれている。

第四に、それゆえに得能はこうもいう。第二番目に挙げた「作家地獄」につけたすかたちで、その地獄が整自身にとっては理論ではなく事実だったと述懐する。自然主義や芸術至上主義が、この場合、地獄に該当する。この二つの文学用語はもうすでに前世紀のものなので、現代作家が「超克する(乗り越える)」べきものだと語るひともいる。しかし得能は乗り越えることが出来ず、作品のモデルを傷つけてしまう。自己の内面の発露の度合いで相手の吐露にも手加減をしない自分を見出している。

第五に、その「作家地獄」にはまった得能の文章を読んだ大家・谷井久作から、知人の出版記念会で、こう切り返される――「先頃得能五郎君は、小説家はその身辺の人間を描くことで知人などを傷つける結果になって困る、という意見を書いておりましたが」と。

谷井の本意は作家とは「人間生活や人間相互の関係について、もっとも正しい判断を下すものである」と、頭から作家の考えや判断は正確正義だ、と決めてかかっている点で、これに得能は驚きを禁じ得ない。と同時に「作家地獄」と述べた癇癪言葉に敏感に反応して返ってきた谷井の文言は、かえって肉体をもった思想となって得能のもとに「返球」される。得能のほうが得をした気分になる。

谷井久作とはもちろん瀧井孝作だが、この典型的な私小説作家は、作品のなかに書かれていることはゆるぎない信念で裏打ちされている、と証しており、それなりに美しく鮮やかに得能には映る。精神活動が頂点まで上り詰めた感覚をも抱く。だが、得能と谷井は挨拶などして関係を持とうとはしない。

そして本音は第二章の冒頭の、一連の文章に回帰して終了する円環的筆致をとっている。即ち、

俺は人間だとか、ある事情とかを、外側からそっくり全体として抱擁し、そのどの部分をも育てたり観察したりすることはできないのではあるまいか。文学者としての自分の根本的な欠陥が、そこにあるのではないかなどと。

こうしてつねに自己に問いかけ意見を引き出しながら、それを記述して作品となしていくのが『得能五郎の生活と意見』の骨子だが、ここに、文芸・文明批評家としての整の分析的な目が行き届いているのは一目瞭然である。中野重治の作品「村の家」(一九三五[昭和十]年)が意意見交換式の作品(というより、村の家に転向して帰ってきた息子に父親が諫言する向きがつよい。ここには狭い村社会での世間体という問題が背景にあるが、この「世間」という言葉ほど定義が難しい日本語はない。和英辞典では、*world* と出てくるが、これには違和感を抱かざるを得ない)で整はその影響を受けて

いるし、中野との紙上での往復書簡（「芸術の論理と隔絶というようなこと」）もこなしている。内容は芸術独自な世界と現実の諸現象との関わりについての討論だ。この場合の「隔絶」というのは小説と現実とを規定するのでなく、芸術上での作家の才能を規定したいがための一種の仮説の意味で整は用いている。

まとめとして本章及びその他の章を読むことで、整が得能を介して自身の批評眼を築き上げる礎拵《ごしら》えをしていることを忘れてはならない。

吐露

第三章は「鞭」と題されている。読むとわかるのだが、これは整自身の「批評眼＝冷たい」を指している。それはそれでいいが、本章は「恨み節・嘆き節調」になっていて、それほど心地よく読めないし、得能みずからこう言って開き直っている――「これは余談であるが、この小説は、あるいは、こんな余談の連続になるかもしれない」と。「この小説」と述べて、『得能五郎の生活と意見』全編を示唆しているようにみえるが、決してそうではなく、「この小説」とは「この章」の意味である。

二点だけ挙げておく。

第一に、本田という、無名なことで有名な画家を登場させて、整は絵画のなかの「思想」について云々させている。得能は思想を口にした本田に驚いてみせるのだが、最終的に本田はこう結論する。「やっぱり俺(本田)が何か大切な思想とか精神とかいうものに不感性だからだろうねえ」。

こう発言した本田の個展が成功したことを得能が「芸術の喜び」という文章のなかで記したことで、本田は喜びにひたる。本田は得能が自分と知り合いだから称賛してくれたと思い込むのだが、得能はここで鞭で本田を打つ――「僕は恩とか世話とかいうことで君の仕事のことを書くんじゃないんだ」と。そして、またもや冷酷な鞭を「この愛すべき人間の面上にふり下ろしてしまった」と嗟嘆する。この冷たさを得能は本来自分に具わっているのではないが、ひょいと出てしまう、と弁明しているが、ここは批評家根性が優先している部分だ。得能自身、己のこの性癖に苦慮している。批評家根性とは、しかし、このようなものかもしれない。得能が「槍」の言葉で相手を突き刺すのはそれが批評家の仕事であって、そこまで懊悩するには及ばないと慰めもするが、「余談」として書き込むことで読み手を煙に巻き、みずかの立ち位置を再確認しようとしている。

第二に、後年の整の評論でみられる「区分け・弁別」の萌芽がこの章にみられることである。例えば、「近代日本人の発想の諸形式」にみられる弁別、また「逃亡奴隷と仮面紳士」、「求道者と認識者」のような、「AとB」とで一対となる二項対立を旨とする静的な「措定」や「分析」行為だ。得能の得意とするものとして、「骨相学(人相学)」を挙げ、友人・知人の顔をいくつにも分類している。記憶力に劣る自分の生み出した覚え方の方途だという。

そういうことをする自分は、人間をその才能だとか、愛情だとか、美しさなどという、人間の花のようなもの、または生きるということの本質的な意味では捉えずに、ただ一つの標本として、骨相学の見本として……東洋人の宿命の一つの具体化として見ている。

この姿勢は「槍、あるいは鞭」を持った兵士の冷淡な視線と同じである。しかしこうした得能も酒にさそわれると、生活感情のなかに入っていって酒を呑む。でも、そうした振舞いで、ひとさまの目をごまかすことが出来ずに見抜かれて、他人には冷たい人間とみなされる。じつに「致しかたないこと」だと嘆息しており、きちんとそういう自分を理解している。さらにこうした分類癖は後年の伊藤整理論と呼ばれる、近代日本文学の「仕分け」の素地を形成していると思える。

整はトリヴィアルな枝葉に充ちた作品をものしていく一つの狙いとして、細分化によって、自己の冷淡な批評家精神の、表でなく裏を、現場を、みせたかったのだろう。ここまで書いていいのか、というひりひり感がつねに伴うのがその目的だったかもしれない。とにかく先に進んでみなくてはわからない。

第四章は「新聞読み」という表題で、このごとは第一章の冒頭に朝目覚めた得能がする行為のうちのひとつに挙がっている。睡眠を充分にとったと把握すると、「枕もとの新聞に手をのばし、印刷インクの匂いをかぎながらそれ〔新聞〕を拡げる」とあって、時期は一九四〇〔昭和十五〕年）年の春から夏にかけてである。

得能は部屋の壁に支那全図を貼って、戦況の変化を新聞記事と地図を照合することで理解するよう努めている。日本人が戦っている戦役が自分の分身のように思えるからだ。ヨーロッパのそれはもっと冷静にみえて、「巨大な文明国同士の命がけの争い」として興味深い。今度の戦争ではドイツに勝ってもらいたいと思う――「それは彼の身内にひとりでに出来た国民的な好みのようである」。第一次世界大戦で負けたドイツにたいして、今度こそと応援を送っている。

日本はまだ太平洋戦争には突入していないし、むろん（独伊との）三国同盟も結んでいない。得能は出兵することはなかったが、得能には彼なりの戦争の「味わい方」がある。

それは、敗けた側の最高政治指導者たちの、国民を納得・鼓舞させたいがために発表する宣言と、実戦にしたがった兵士たちの談話、の二つとしている。この二件には本音がともなう。そこに戦争の真実を得能はみるという。戦争の表裏を見定めようとする得能の意図がうかがえる。

戦略だとか外交関係などの正体は掴めそうもなかったが、敗戦国の指導者たちが苦悩や感動のためにふいと吐いた言葉のじかな味だけは、得能はよくわかると思った。そして彼にとっては、そういう言葉を吐いた人間の感覚をとおしてだけ、この戦争は、触れ、味わうことができた。

ここでの感覚とは生活感情を介しての情感だろう。整の詩集『雪明りの路』も『冬夜』の各詩もみな生活感情に根差した、「ふいと吐いた」ような詩でおおくが成っている。そのなかで詩ではないが、『雪明りの路』の「序」には、整がさながら「ふいと吐いた」語調で記された文言が並ぶ。私事で恐縮だが、いつも次の文面を読むと私自身、涙ぐんでしまう。

それにしても私は此処ではじめて物を言ふ様な気がする。私は長い間身ひとつに秘めておいたことを、……すっかり言ふ様な気がするのだ。

ここには戦争の勇ましさはないが、純粋な心の痛ましい吐露がある。

敗者側の幹部の言葉も実戦に参加した兵隊の言葉も、整にとっては、「はじめて物を言ふ」ことと同じ基調で受け取られている。伊藤整理論を構築することになるこの論理的な人物の根底にはこうした悲哀とも受け取れる、ある意味での抒情的な素地があった。もちろんこの抒情性を抜け出さねばならないのだが、文学的営為の礎としてその価値は充分に抑さえておくべきだろう。だが、これは多くの評論家によって言いつくされてきた文言でもある。

さて得能の一日を本人が語った会話体の文章があるから引用してみる。

「ねぇ、君、面白いねぇ。僕は毎朝新聞を三つ読んで、それから十二時半にニュースを聞き、四時に聞き、五時には夕刊を読み、七時のニュースを聞き、九時四十分にニュースを聞く。それで一日じゅうとても多忙なんだ。その合い間に畑に出たり、本や雑誌も読まなければならない。ものを書く暇ってまるで無いね」

たぶんに自己韜晦的だ。それでも執筆活動をしている得能であるから、時間の使い方がうまいのだろう。この話し相手は、近年、房子という女性と離婚をした桜谷という友人だ。桜谷は、自分の身の難儀さに引き比べて、ヨーロッパの大事に「漠然とした感慨」しか持っていない人物として位置づけられている。桜谷は落ち着くことができない人間だ。

この苛々せざるを得ない友人の態度の描写を、漱石の初期の作品に出てくるような筆致で捉えている――「ちょうど汽車に乗って話し合っていた二人が鉄橋にかかって、があっという音響が加わると今までの声を怒鳴るように高めて喋るのに似ている」、と。「雅俗」の「俗」を際立たせた表出だ。桜谷は翻訳の仕事をかかえているのだが、進んでいない。この人物、得能の内面を表と裏に分けると、「裏」＝「隠」を、代表しているというのが通説だ（戦後の作品である『鳴海仙吉』の「あとがき」にそう明記されている）。読みすすめていくとわかるが、あたかも「暗渠」のごとき性格の人物だ。

饒舌とパノラマ

「饒舌」とは言葉の上でのことを指すのは言うまでもないが、第五章「マルブルウの歌」では、「文章」(それも、新聞や電光掲示板)の「氾濫」だ。よくも一章を新聞記事の引用でほぼ埋め尽くしたものだ。もともと本書がそうした意図で書かれているのは措いても、その徹底ぶりには圧倒される。それも実に面白いのだ。ヨーロッパ戦線の記事を仔細に記述している。

その前に、銀座界隈の「地勢」がじつにわかりやすく書かれている。

得能が東京の西の郊外の自宅からバスで銀座に出てくる経路から話は始まるのだが、こうして読者を、バスという交通機関に便乗させて銀座へと誘い、次に銀座周辺の東西南北の案内をやってのけ、そのあたりを理解させる力量は目にも鮮やかで、後年の、『小説の方法』などにみられる例の秩序だった構成力を予測させる。

東京の東の海に近く、昔の貨幣職人の住居であったという銀座街がある。北方の上野と南方の品川をつないでいる大街道の中央で、道路標の起点と言われる日本橋から、品川に向って南方一粁ほどの処にあたる部分である。

とてもわかりやすい銀座街の位置づけである。東京という都会にいると人間は「ともすれば矮小感につかれたり、働き蟻のような事務家になったりする」と指摘しているが、これは当たっているだろう。そして葛西善蔵が銀座を歩けないという発言を挙げている。『子をつれて』の作者葛西善蔵と銀座はやはり、どうみてもしっくりこない。得能も銀座にものものしい違和感を覚えるひとりだ。

その日、得能は友人桜谷の「別れた妻房子に、二、三ヶ月子供の預かり先へ仕送りをしてほしいと彼の希望を伝えるために」、房子の勤めさきの酒場「トロイカ」を訪ねに銀座に出てきた。そのとき妻の里子から炭を切る鋸を買ってきてほしいと頼まれたことを思い出して、こう述懐する――「安らかな生活というものがあれば、日常の必需品だけは確かに自分の手で出来るという、生活だ、とこの頃得能は考える。……そういう生活の中にある安心が、この上なく美しいものに思われるのだ」、と。整は、この「美しい」を他所でも頻繁に使っている。正直に「美しい」と感じるのであろうが、「安堵」からくる精神的「憩い」を指している気がしないでもない。

このあと、四時のニュースを聞かなかった得能の夕刊読みが始まる。この日は一九四〇年五月二十三日だ。数日前セダンでマジノ延長線を破ったドイツ軍が西方に進軍してドーヴァー海峡に達している。フランス軍の劣勢。オランダ、ベルギー、ルクセンブルグの、ドイツ軍による蹂躙が報ぜられている。得能は「戦争の実相」という文言を用いて、これらの部分の新聞記事を、このあと営々と書き連ねていく。「得能は、自分の身体が深い淵にずーんと落ちてゆくように感じながら、そばの電柱に背をもたせてこれを読んだ」。

フランスの首相が自軍の攻撃の失敗や撤退のときに橋を爆破しなかったミスを告白していることに得能は、フランス首相の責任ある言葉を実感するのだが、現時点で首相たる地位の人物がここまで公にしてよいのかと危惧の念を抱く。ここに、レッセ・フェール（経済用語・自由放任主義）が生まれて革命までにおよんだ国と、日本の自由主義との差異を得能は感得する。得能は自分を、「日本で『自由主義』がもっとも盛んだったと言われる時代に育ってきた」とみなしており、西欧の思想や文学に馴染んできていることを自覚しているのだが、違うなあ、としみじみ思う。ちなみに得能の戦後の姿である鳴海仙吉は自由主義者として登場する。

それはフランスの首相が、戦況を詳細に述べたのちに、赤裸々にまた声高らかに、それでもわが軍の士気はさがらず、新時代の戦闘行為に寄せる思いは堅固だ、と揚言しなくては国民が得心しないのか、という点に、得能は驚愕する。というのも東洋の伝統である、「『知らしむべからず、由らしむべし』」を守りすぎる日本の政治家がフランスの首相のように具体的に暴露したら、日本人に不安を与えるだろう、と思うからだ。

「理屈っぽい（フランスのような）国民」には、事実を事実として語るのがよいが、それにも限界があるはずだ。理屈っぽくない日本人にはむろん、撤退ではなく「転戦」とごまかす結果となった。得能が新聞記事を題材に縦横無尽に思索をめぐらすのを追ってゆくことに興味は尽きない。伊藤整の思考経路を顕わしている。時局を冷静に分析して把握に努めようとしている作家の目の真率さがうかがえる。

数寄屋橋にかかると、朝日新聞社五階辺の電光ニュースを読み始める。電光板のニュース、いまでも片仮名まじりだが、大相撲の夏場所千秋楽の取り組みの勝敗が、二人の力士名と決まり手までも片仮名表記となって出てくる。これは意図的だろう。新心理主義文学の紹介者・提唱者である整の自動筆記さながらだ――「サダミガワハヨリタオシデリョウゴク、シントウザンハアビセタオシデトモエガタニ、……」、といった具合で、はなはだ読みにくいが、一語一語、確認して読んでいかざるを得ず、それなりの効果がある。脳裡に刻み込まれるからだ。

さて章題の「マルブルウの歌」のマルブルウだが、後半部で諸説取り挙げて説明しているが、解説それ自体を愉しんでいるふうに映る。これは本書にみられる特色で、記述と叙述が微妙にまざりあっていて、ある線で分かれているが、意識的な記載方法で、整の戦略がうかがえる。ここで、『得能五郎の生活と意見』が、ロオレンス・スターンの『紳士トリストラム・シャンディの生活と意見』を素にしていることが明かされる。

伊藤整がいかにロオレンス・スターンに私淑していたかに触れておこう。本書第Ⅱ部3―(1)『小説の方法』の第八章で書き込んでいる。スターンは「トリストラム・シャンディの生涯と意見」で、以下に掲げる画期的な仕業を成した、と。
一、小説を材料として作者そのひとの機智を全面に出し、作品の背後に作者が隠れるという物語り《ママ》の約束を破ることで、かえって真の近代的人間を浮き上がらせる手法を確立した。
二、スターンは物語りの枠以上に作者の性格を溢れ出せ、読者にたわむれ、その進行を勝手にねじ曲げることで、作者の「意見」なる枝葉末節をのみ追求し、しかもその枝葉末節にこそ作家そのひとの創作の実質があると意識した。
三、スターンは、小説の核心を物語りでなく、作者そのひとの声の直接の表白にあらしめようと意図した近代人であった。

「二」の枝葉末節云々に私は賛成する。もし作品から枝葉末節が消えれば幹だけとなり、各部に宿っている陽光が消えて作品の重層性が払拭され、もう作品としては成立しないからだ。伊藤整のこの解釈はそのまま『得能』ものに受容されている。私としてはこうした枝葉末節という事実の交錯の底に真実が隠れていると考えていて、整の分析に賛同する。真実は枝葉の集積の底にひっそりと隠れているものなのだ。

スターンの人物紹介からマルブルウへと入っていくのだが、諸説展開されるなかで言いたいことはナポレオン以前の西欧最強の勇将で、チャーチルがその子孫だ、ということに尽きる。「マルブルウの歌」の歌詞も揚げて得能は、たまたま出会った友人山崎に語り続ける。そのなかで次の話が注目を惹く――「ナポレオンは自分を名将マルブルウに擬してヨーロッパを征服したんだ。いまのナポレオンはヒットラアさ。そして、そのヒットラアのもっとも手ごわい敵が、マルブルウの子孫であるチャーチルだというわけだ」、と。マルブルウを章題に入れたわけがわかる。ヒットラア批判をきちんとしている。

第六章は「再びアルブルウの歌」である。

得能はみずからを、「北国の植民地で寒村の収入役の子」と位置づけている。整自身の父が小樽市近郊の塩谷《しおや》の村役場の収入役だったので、この文は事実を述べているのだが、気になるのは「植民地」という言葉である。整はジェイムズ・ジョイスの『ユリシーズ』の翻訳者でもあり、詩人イエーツの作品の愛読者で翻訳もしている。この二人に共通しているのは、アイルランド出身ということで、グレイトブリテン島ではなかったことだ。つまり英国の「植民地」的位置に出自を有する作家と詩人と、北海道生まれの自分とを重ね合わせている。北海道出身の整と亀井勝一郎（函館市）の両名は晩年に、前者は『日本文壇史』（整の生前には完成せず、死後盟友瀬沼茂樹が引き継ぎ、一九七六年に完結）を、後者は『日本人の精神史研究』（未完）を書き、両著をしてみずからを北海道人として分析していた評論家がかっていた。これは何を意味するかというと、植民地のような北海道人（道産子）が晩年に「日本回帰」することを示唆している。「内地」のことを書かざるを得ない境位に歳を重ねるごとに近づいてゆき、筆を執ることになる。道産子が京都に憧れを抱くのに酷似している精神模様と言える。

第六章での得能の描写、つまり分析的素描をここで掲げてみる。そのあとで、十六世紀イタリアで活躍した、数学者（三次方程式の解法を公表）にして内科医（尿と梅毒研究の権威）で、守護霊の存在をも信じていた、ジローラモ・カルダーノ（一五〇一―七六年）の筆による自画像のスケッチを引用して、両者を比較検討してみたい。まずは『得能』の方から――

得能はその鶴見二作（発明家）に逢ったことがある。別に特徴のない面長の顔をした男であるが、精神が内側に集中している人間にあるような、外面は留守になった表情だが、画家の表情ほど澄んだものが一面にひろがっていず、職人の表情ほど無意味でなく、学校の教師ほど仮面のようなこわばりがなく、静止した集中した眼つきから突然狡そうににやりと一人で笑うようなところが記憶に残った。

また得能は、文筆による生活について率直な見解を述べている。

ふだんから得能は、ものを書くこととは別に、文筆による生活というものが不安で仕方がないことがある。しかし、自由で束縛という程のものはなく、厭な人間には逢わなくてもいいし、言いたくない言葉を言わなくてもいいのは、実にいいと思うこともある。定収入というものがない、得能の場合は、家賃だけになる学校の収入が、定収入と言えるものだ。それ以上の費用は、その月頼まれたものを書いて得なければならない。頼まれただけのものを書けないこともあり、頼まれたものを皆書いても生活費に足りないこともある。

二つの引用文——最初は顔の表情で、二番目は生活状況となっている。最初のほうは、希少な存在である発明家の特徴を見事に捉えている。とくに「精神が内側に集中している人間」からは狡知がわき出る、という。片や、外面は「静止した集中した眼つき」がうかがえ、画家や職人や教員とも異なっている、と述べている。発明家という人種の見事なスケッチである。

二番目の引用文は、生活の不安を叙した文章で、当時の私小説作家にすらも、こうした実のともなった生活の素描はない。物書きの生活上の不安を実際の金銭の流れを追って記した傑作ではあるまいか。作家の実生活の実態を得能があばいたことになる。それも告白調ではなく淡々と……。

整の著名な評論に「近代日本における『愛』の虚偽」がある。そこで、近代の日本人は愛を輸入したが、「祈りも懺悔も、持参金も、十分なる夫の収入も輸入しなかった」、即ち、経済条件や宗教心がともなわないところに愛を輸入した、と鋭く指摘している(ここでは、「経済条件」が生活面で重要だ)。

破滅型の私小説作家はたいていが貧しくて労咳(結核)に罹患していて夭折している。生活はつねに不安定で、それを売りものにして作品としている。整の眼差しは実生活を送れる金銭的ゆとりがあってはじめて文筆活動が可能である、というほうに向いていて、そういう環境にない作家たちの在り方に疑問を投げかけている（だが、否定はしていない）。

文学的営為と経済的豊かさの関連に目を向けて「生活の不安」をためらわず吐露している。葛西善蔵や嘉村礒多などの破滅型の私小説家は困窮にあえぎながらも執筆活動に精励する作家自分自身の姿を描いていて、それはそれで胸を打つものがあるが、窮乏をそれ自体として捉えているので、「生活の不安」という文言は出てこない場合が多い。彼らは「不安」のなかでこそ作品を生み出せるからだ。

整がそうでないことは自明だ。「生活の不安」をそのものとして身に受けてそれに向き合い、その素因まで記しているからである。当時の、そして現在の文筆生活者の大方が直面する問題を、整は率直に書いている。このようなことは、他の私小説作家の文章では出来なかったのではないか。整は隠さずにそれも告白調ではなく、心理的展開として平然と（しかしたぶんに、訴えるかたちで）縷々述べている。言うまでもなくこちらのほうに説得力がある。

こうして得能は自己を開陳してゆくのだが、先述したカルダーノの自伝の筆の運びと整のそれはよく似ている。守護霊や天啓の存在を信じつつ、そうした中世的残滓を引きずりながらも、数学者、内科医であったカルダーノにとって、自分がいちばんの関心の対象であった。

第五章の「体つきについて」の一部を挙げてみよう。

背の高さは人並みである。足の裏に爪先の部分が広く、甲も高いので、ちょうどよい靴をみつけるのがむずかしく、いつも寸法を言って注文しなければならない。胸幅はわりと狭く、腕も案外ほっそりしている。ぽっちゃりした右手にはいびつな指がついており、八卦見の予言によると、無骨で阿呆者なのだそうだ。

（澤井繁男訳）

こうした細密画のような筆遣いで自己の外見や内面を刻むがごとく描いていく。科学者の目、と言えば、カルダーノの描写方法は得心がいくものの、守護霊や天啓《ひらめき》、それに共時性体験、超自然現象をも、恬淡《てんたん》と客観的に科学者の目で記してゆく。

この点に鑑みれば、ものごとにこだわらずに（いや、本来的には拘泥しつつも）日常や自分自身、そして世界状況を活写する得能と同じ視座にカルダーノは立っている。得能を描く整は彼自身のパースペクティヴに則して得能に、ありていにみえてくる出来事や思念におよぶ事象を語らせている。一見、平板に映るその記述には得能の思考で濾過されつむぎ出された思量の襞に立ち会うことになる。

結果としてトリヴィアルな世界が顕われるが、それはそうなるのが当然で、整の意図した作品に仕上がっている。カルダーノに『微細な事柄について』という本邦未紹介の著書があるが、表題にあえて「微細な」を付す筆者の視線の根底には「こまごました事柄」がどれほど留意に値するか、がみえていたに違いない（カルダーノを例に挙げたのは、ルネサンス期が、中世的要素と近代的素因が不安定のまま共生していた時代で、近代の始まりでも中世最後の絶頂期でもなく、両義的現象の時期であることを示唆するためである)。

それにしても得能の知力の向から先の広さと素描力には感心させられる。人物の動きの詳細な描写も手に取るように伝わってくる。パノラマを突きつけられている思いだ。

傍観者の精神

「再びマルブルウの歌」のあとの第七章は「トロイカ」だ。そこは得能の友人の桜谷の別れた妻房子が身を寄せているバーである。ママは房子の姉だ。この章は、得能がいかに周囲に気をつかって生きているかがその内省面の記述で明らかになる。

得能がトロイカに出向く用事は、桜谷の収入が不足しているので、子供の養育費を、子供を預かってくれている家に房子に必要な額を送ってくれるように、と房子に頼むことだ。本来なら桜谷が自分で前妻に言うべきことを得能がその代理を引き受けたことになる。房子はそのことならもうすでに自分が済ましていると回答する。そして子供を桜谷にわたすつもりはない、と明言している。これだけが骨格の章なのだが、金銭が話題になってくる作品は近代文学のなかではあまりみられないことに留意されたい。

得能はそれを「経済問題」として扱っている。得能は自分に経済的ゆとりがあれば桜谷を救ってやれるというが、そう考えたときに、それが「力」と見て取れ、「精神的」仕事に携わっている己の破綻に気づいてしまう――『「精神的」』な仕事をしている彼（得能）が、精神的なものに「力」を見れないということだ。自分の『精神的』な仕事が、ものを動かす、という自信を持っていないからだ」、と。この考え方が自由主義を謳っているその頃の思潮では批難の対象になっているのを得能は承知の上で、彼と同時代の「政治的」立場に黒白をつけていない作家や知識人階級と呼ばれる、会社員や、教員や、技術者などの「臆病で善良な市民の心の隅にしっかりと住みついている生きものである」と分析している。

精神的な仕事が「金銭という力」に勝てないことを意味している。さらに、生きものが住まうわけは、その場所が空っぽ（「空虚」）だからだ――「何もないところには何かが入って住まねばならない」。このことから得能が思い出すのが、教育問題だ。飛躍かな、と一考するのだが、得能の脳裡には学校教育で教員が、実人生での難題を解決してゆくその経験を誰も語ってくれなかった、とこぼす。「経験」のなかにはとうぜん金銭問題が絡んでいるに違いない。それこそ、教員が教示すべき課題だと得能は考える。

私の受けた教育は、生活との接触面の判断という一番かなめの所を空白に残していたからだ……それで私たちが、実際の事件に逢って、はっとすると、咄嗟に心に浮んで来るのは、講談や浪花節で聞く既製品の義理人情の解決策である……。

的を射ている発言だ。筆者も、高校生時代に、健康保険や国民年金といった、実人生に役に立ち必須な事柄をきちんと教えてくれていたら、と思うときがある。「既製品の義理人情」という指摘にも首肯せざるを得ない。演歌の世界（詞）と言ってもよいだろう。そこに合理性はなく、ただただ情に訴えるのみだからだ。これでは解決にほど遠い。

こうして学校教育の批判をする得能だが、彼も非常勤講師で教鞭を執っている身で、それを上記のように書く態度を傍観者の立場とみている。得能は、満員電車やバスでの「押っしくら（饅頭）」を日々体験していて、その苦しい経験を、自分と家族を養うためだと考えている。しかし、いざ文学者としての自分の位置の確認という問題に目を向けると、傍観者としての（つまり、文学者としての）自分の存在がもろくも崩れてしまう。なぜなら、「生きて戦ってすら来た俺を、文学者の俺が（己の傍観者的立ち位置を）気づかないなんて変なこと」だからだ。ここで「生活者としての俺の生き方と（文学者としての俺の生き方の）調節」を取らねばならないと身を保てない心境にいたる。これは傍観者の立場を全面否定しているのではなく、難題なのは傍観者からいつ当事者の立ち位置にもどれるか、を得能が図りかねている意味だ。そのきっかけがつかめない、といったらわかりやすいだろうか。

菊池寛や芥川龍之介の時代の、生活至上主義か、あるいは芸術至上主義か、という論争とは似て非なるものである。昭和十年代の、それも市民階層が発達した時代での得能の見解は市民的自覚に根差したうえでの所見であって、それ以上でもそれ以下でもない。得能はみずからを傍観者としながらも、つねに実生活を重視した物書き（文学者）であることを譲らない。ただその平衡感覚に崩れが生じてきたわけだ。

得能の生き方をみていて気がつくことは、「空地耕作」でもそうなのだが、対人への過剰なくらいの気配りで、そうした配慮をすることが何か生きがいのようにも感得されることだ。その際には自分を殺さなくてはならないだろうが、得能はむしろ関係を維持し続ける。

その他のひとたちをじっくり観察するが、観察者である自分も同じ地平に身を置く――但し一歩退いてだが、その局面からは降りない。

得能のいう傍観者とは同じ平面でズレたそれで、それゆえかえって元に還れない。得能がこのような窮地に陥ったのは友人の桜谷の、わかれた妻房子や二人のあいだの子供にたいする心ない対処の仕方にも起因している。桜谷を得能は、眼高手低の人間とみていて、腹を立てている。もし桜谷が自分を悲劇の主人公とみなせば、鼻もちならないと考える。当事者の責任から逃げているからだ。

桜谷の頼み事には金銭がからんでいるから余計、立腹の対象になる。この問題は、本章の冒頭で解決済みであることを示しているが、金というものは生活に密接に絡んでくるので、その問題意識がじかに得能に反映される。

得能はともかくトロイカに急ぐ。その経路の描写がまさにトリヴィアルに徹している。以下、長くなるが、山道や坂道とは違って平地だけれどもあたかもつづらおりのような隘路を浮き彫りにする得能の筆さばきを味読してほしい。

得能は並木道を更に新橋のほうへ大分歩いてから、見覚えのある歯科医の看板の出たビルディングを右手に折れて、路次へと入って行った。路次へと入る角の頭上には、一尺二尺くらいな小さな看板が五六枚小旗のように並んでいる。それには、片仮名で、この路次の中にある店の名前が一つずつ書いてある。そこは幅六尺ほどの石畳みになった細長い道であるが、左側は五六階もある、歯科医やいろんなオフィスのあるかなり大きなビルディングの横腹になっている。右側にはナベル、トロイカ、左側にはネルマリス、トロンボンと四軒の変な名前のついた酒場が向かい合っている。名前入りの箱形の看板燈が一昨年頃まではネオンサインであったのだが、という簡素な形でついている。それぞれ入口には、どういう訳か人の背ほどの高さの檜葉の鉢を置いてあって、そのかげに人がちょっと佇んでも、それとわからぬほどの影をつくっている。更にその三軒の間をとおり抜けて先へ行くと、二三軒、下町のしもたや風の格子戸の家がさりげなく並んでいて、その先は袋小路に見える。ところがそこは突き当たった処で、三尺ほどの細い道が、丁字形に左右に通じている。突き当たりの辺には、ミツバチというお好み焼き屋やコナコオスという酒場などがごたごたと押し合うように並び、丁字形の左の角は立食の寿司屋であり、そこを左に折れると、メプロンという「フランス風高級喫茶店」の台所口に積んだ菓子箱などに身体が触りそうになるが、更に水たまりなどに気をつけて出ると鶴亀堂という汁粉屋に沿って、裏の広い道に出る。丁字形を右に曲る角はオダンバという酒場で、そこは更にスタンドバアという屋台風なスタンドで立飲みをする風につくったミソノというのに続いていて、やっぱり電車道に近い別な広い道に、ぽかっと出るようになっている。

この一連の、枝葉末節的描写はまるで映画をみているようだ。こと細かに、一軒一軒ずつの店屋を紹介しながら、丁字形に突き当たると右か左に曲がって進む。ラブホテルの構えらしい建物もある。銀座の裏道の猥雑さが手に取るように伝わってくる。目的地はトロイカで、それは引用文中の最初のほうに出てくるのに得能は入ろうとしないで（その位置からは無理なにかもしれないが）、歩きまわる。

ここで考えたいのは整の筆致である。場所を描くときと同じく、人物の紹介も、出来事（事変や戦局など）の説明も一時が万事こうなのだ。饒舌とみなしてもよいかもしれないが、ちょっと違う気がする。詳細に描くことで整は生きている実感を得ているのだ。

例えば掌に握って拳のなかに詰まっているものを、さあ、ご覧なさい、と手を広げた、まさにそのとき現われた中身を淡々と描いているようではないか。描写に起伏がなく平らかだ。写真をみているようだが、写真ではない。よどみなく話す、アナウンサーの口調に酷似している。こうした描写のあとに、整は必ず彼なりのまとめでそれまでの微細にわたる描写を止揚する——

「映画をとるために作られたセットのような、舞台装置のような、こまごまとした生活の足もとを忘れさせるような雰囲気を一面に漂わせている」、と。頃合いは午後の七時。ネオンがついて銀座の裏道が活気づくときだ。「こまごました生活」とは「生活とはこまごましたものから成っている」という意味だ。このあたりまえの事実を披瀝して読者のまえにさらけだすのが『得能五郎の生活と意見』の基調を流れる重要な鉱脈である。

苛立ち

第八章は「交通機関について」と題されていて即物的な印象を受けるが、得能は肉体に喩えて分析している。冒頭から、交通機関の混雑ぶりを、日本という国土を激しく波打って流れる血管のようだと述べている。この比喩はとても明確で、時局へと話は進んで行く。日本は本州を胴体とする人間のようで、その島国が目下、朝鮮を通って「陸地の方に伸ばした手に懸命に力を入れて仕事をしているために、身体全体に熱を帯び、脈拍が激しくなり、血管が膨らんで来ている」と。血液のなかの赤血球や白血球が我先にと毛細血管に向けて寄せ集まってきている。軍事力増強の描写、描出することで批判を試みる。そしてそれを急行列車は知っていて、客がいっぱいになると即座に地方に向けて発車してゆく。それは支那事変後にいっそう盛んになり、事変以前には感得できなかった、「一種の緊張」した感覚をもたらしている、という。

この章は一種の社会経済論めいていて、整がいまの一橋大学の前身の東京商科大学出身者である証しが見て取れる。そして小説のなかに（経済小説を置いて）こうした内容がはめ込められている例がきわめて珍しいことが理解できる。「生活・生計」に経済はつきものだ。極論すれば、経済が不安定であるとき政治も安定しない。その逆も真なりである。

得能はここ一、二年で「事情が変ってきた」という見解を抱いている。それは一九三九（昭和十四）年の夏あたりからだとみなす（この年の五月、ノモンハン事件が起こっている）。

具体例として、

一、政党対立の議会政治としての修正としての新体制運動の開始。
二、社会道徳が一般大衆に実践として位置づけられたこと。
三、景気がよくなってきたこと。
四、（東京の）人口が増えたこと。

東京が日本の心臓になったことは、血液が心臓（東京）に集まってきて、心臓周辺（東京郊外）の血液（地方から上京してきた労働者）も活気づいて動き回ることを示唆している。

前記の四点のなかでいちばんに得能の気を惹くのは、二の社会道徳だ。これを「公徳心」の多寡と置き換えて、バスを待って乗車する際に出来る列とそれを乱すひとたちを例に挙げている。

いったいこうしたバスの乗車の順番など、小説のなかに書き入れる必要があるのか。些末なことだが、順番をこわす輩が出てきたら、待っているひとたちは気分を害するに決まっている。「憤慨」という段までくると文学作品に近づいてきており、「生活と意見」という表題の趣旨に得心がゆく。われわれ人間は些細なことで怒る生き物なのだ。それを得能は落穂拾いのように集めてきては語っている。

ところで得能がときどき口にする言葉に「自由主義」という四文字熟語がある。整の生まれが一九〇五（明治三十八）年で、青春時代が大正デモクラシーの時期に該当している。もっともこの風潮の影響を受けた人物として整は得能を描いている。そうした得能が疑問に思っていることに、人間は必要なことをみな自己判断の上で成し遂げ得る、という論点がある。これが得能のいう自由主義なのだが、最近この文言が頻繁に新聞記事などに使われるようになり、その真意にズレが生じてきている、というより目のかたきとして扱っている。これに危惧の念さえ覚えている得能だが、個人個人の判断にみな委ねるのが最良の措置だと考える。

これは言い方を変えると好きにやってくれ、つまり勝手放題を意味するが、いざ交通機関が好き勝手に動くことになれば混乱を引き起こして収拾がつかなくなるという。バスなどの混雑で列をつくって並ぶのはとうぜんだが、これが「食糧」の場合だったら、バスのようにはいかない。必死になって争うことになる、と確信めいた予想を立てる。

本作の特徴として整は、対比表現をよく用いる。ここでも、問題の地平を命の維持までに展《ひろ》げて比較している。食糧のほうが重要なことは言うまでもなく、バス乗車の順番待ちはいらいらするけれども、単純に考えて、待てば（我慢）すれば事は済む。「待つ」ということを基調にしての比較だが、あまり適切な比較とは思えない。水と食糧ならもっと説得力があったに違いない。

心の日向ぼっこ

第九章は「三十五歳の紳士」という表題でなかなか興味深い。整は一九〇五年生まれだから、本書刊行時（一九四一年）に鑑みれば三十六歳となって、整の実人生とほぼ等身大の人物が得能となる。ダンテ『神曲』の「地獄篇・第一歌」は、「人生の道の半ばにして」で始まる。当時（十三世紀初期）の平均寿命が三十五歳だったのを、ダンテが知っていたかどうかはわからないが、ダンテも三十五歳を節目の年齢とみなしていたのだろう。

三十五歳——現在はどう思われているのだろうか。人生百年と謳われているのだから、人生の半ばは五十歳だ。三十五歳だと七十歳となるが、ここは単に二倍して塩梅するものではない。過去と未来を充全に見据えられる年齢としての三十五歳を意味しているに違いない。

この章では「余談」という表現が複数回使われているが、この「余談」、なかなか深い洞察力に充ちている。滝原滝太郎（萩原朔太郎）の詩を挙げ、その詩についての分析と考察だ。

滝太郎の詩は、人間の外面の強い仮面をはぎとったあとの本心である弱い部分、「そらお前の心」と差し出されるような素顔を詠んだ詩だ。こうしてひとの内心をきちんと掌握した詩に得能は「幼児の心」みたいなものを感じる。青少年は失敗等をしてもやり直しが効くが、大人の場合は無理であることを承知で素知らぬ顔で通す。そういう大人の鉄面皮を剝ぎとる詩を滝太郎は書く。大人世界への一種の反抗だ。そういう世界はあえて言えば女々しい自己陶酔の世界であって、現実の世界では認められない――それゆえ、詩や小説の世界でこそ可能なのだ。また、こうした世界では生命が充足感を得て「心の日向ぼっこ」が出来る。心を大の字にしたい、解放感にひたりたい、と願う。だが、その一方で、そうすることを社会人として許さない自分も確かに存在する。

この二つの面をみつめられるのが三十五歳という年齢を生きる得能なのだ。

得能が自分を幼いと実感するのは、書物のなかに出てくる先人たちの精神の奇蹟との比較の上での話だ。大人だ、と思うのは、そう自分をみなさなければならない場面に出会ったときだ。つまり、社会での生活者としての自分を再発見する場合だろう。

三十五歳の紳士、得能五郎の視座は不安定のままだ。いや、幼児期と青少年期への郷愁、成人して大人の世界に入ってしまった現在の自分の揺らぐ立ち位置。その二極をつないでいるのが詩作などの文芸活動。それが成功したときに得る「名声」。だが、本人の実力以上に評価されたときにみまってくる不幸。

文学活動に伴う、真の文学的内因と世俗的外因をこうして得能は理路整然と述べていて、目から鱗の気分にさせてくれる。

写生

本作を読み続けていくと、前に書いたように破滅型の私小説作家の告白調ではないが、強いて言えば、物の理、人間の持つ悲喜劇と喜怒哀楽、社会体制などを「写生」し、その実体を探究しようと試みている節がある。さらに究明心が強まると、外部の事象から内面が重視されるようになる。ときたま顔を出す詩的な文章はその内心の昂まりに違いない。そうしたとき整が詩人であったことを想起する。

第十章の「座談」も、話に集った得能の友人たちの内容を写生風の筆致で描いている。

ヒットラアを例に挙げて「専門家」について議論している。とうぜん政治家にも言及することになる。それによると、政治家は全体の動きのいちばん要にいて、心を自由にして効率よく働く人物のことらしい。ヒットラアの『我が闘争』を読むと、政治の専門家であることがよく把握できるという。素人読者に政治とは何かをこれほどわかりやすく書いた本はない、という読後感を受ける。専門家という神秘性から得能を解き放ってくれるものの、やはり政治にためらいがあって近づけない自分を見出している。得能が政治に無関心であるわけではなく、興味があるからこそ自分と政治の距離をきちんと測っているのである（整は政治と文学をはっきりと分けている）。

「座談」という名のもとに「雑談」の域にまで話の輪が広まり、「ポパイ」が話題にのぼる。ホウレン草を食べると百人力に変身するスーパースターだ。戦前の知識人たちがポパイを高く評価している、その熱が伝わってくる。ポパイを孫悟空にも例えている。得能はポパイの親父を、『オディッセイ』のなかの「サイクロプス（洞窟に住んでいる一つ目の巨人）」だとして、その物語を語っている。ポパイの話が途中から絡んできて、まさに「座談」になる。

得能にとって座談は好ましいものだが、小説や評論のなかに座談で取り挙げられた行動や行為を積極的に推挙することを保留している。得能は「身のまわりに、見とおすこともできないほど群がっている日常の生活経験へ猶予を願って」いる。そしてこれまで自分や他人の判断でもない、自分のことでも他人のことでもない曖昧なことを書いてきたという。物を書く順序としてはあくまで自分にとっての喜怒哀楽を第一として、むきになれることを見出してそれを書いていくのが常套だとしている。もっともなことだ。「むきになれる」ことには作者の心をえぐるほどの「毒」があるはずだ。

その「毒」の一つとして、得能はみずからの出自に関してこう語り下ろす。一読すると卑下しているように読めるがそうではなく、得能独特の独白で、前にも似た内容を述べている。

自分は日本の北の北方にある島の沿岸の、一寒村の収入役であった、陸軍少尉故得能五助の長男得能五郎という一介の貧相な人間にすぎない、ということがわかった。そして得能は、あの偉大な人間神たち（ギリシア神話の神々、を指す）を追いかけていたら、自分が何者かも知らずに死んでしまうかもしれない。

得能はこれでは自己を見失うとして、自分の内心や身辺に目を向ける。と、そこには案の定、偉大なものも至高なるものも鋭い美の意識もなく、平凡なものばかりが見出せる。だが、それがほんとうだとわかると、自分の「手持ちの札」が「自分の日常の生活にしかないと解ってくる」。一連のこの内容は、実作をしている者には身にしみる戒めだ。自己の日常生活をみつめることで、はじめて創作が可能なのだ（つまり、自分の目でみたことだけを信じてそれを描くこと）。肝に銘じておかねばならない。得能の心根を巧みに写生している。

教訓

第十一章は「桜谷多助のノオト」という表題である。小田切進によると、作中桜谷は整の内面を語る役目を負わされているという。建前と本音があるのなら、得能（＝整）の本音を吐露するのが桜谷の任だ。桜谷は妻房子と離婚、息子の融《とおる》とも離れた生活をしている。小説家らしいが書いていないという。桜谷は、得能から得能訳の『サン・ルイス・レイの橋』という小説をもらって読むことになる。作者はソーントン・ウィルダア（アメリカ人）だ。

桜谷はこの翻訳の筋や内容を語り継ぎながら、自己の体験も反映させて、読者には教訓とも思える文言を垂れていく。負の役割を担わされた人物の発する内実（反省）は滋味があって、整本人が他所《よそ》でよく口にしている、人間界（男と女）を卑下している文もある。

まず、幸福について。二つあるという。二つの根本に、仕合わせなときには幸福であることに気がつかない（即ち、去ってから初めて気づく）という大前提がある。一番目は男本位のもので、外に女を作れない男は男ではない、という男の甲斐性（「手柄」）を述べている。第二は平穏な家庭生活を送る男は一種の弱々しい性格で、努力せずとも円満に家庭生活をすごしてゆける。いずれの男（それに沿う女も）が幸福かどうかはひとそれぞれだろうが、性生活に焦点を当ててみるとみえてくるものがある。以下の文面は整の著作品のなかに散見する、得能（整）の性（交）にたいする見解でもある。

……性というものを、厭らしいもの、汚いものと青年時代に我々は教えこまれている。若しそれが本当に厭らしいものであるならば、汚したって構わないわけなのだ。ところが、父と母と子、人間の存在のしはじめ、という、もっとも根本的な人間関係が、その性から生まれて来る。この部分について、色色な矛盾が社会的通念や倫理思想の中に、ごったがえしてあるようだ。このことは、もっとよく考えてみよう。

性（交）の存在の善し悪し、いや矛盾撞着を読者に突きつけている。この矛盾解消に、恋愛関係とか結婚とかいう通過儀礼があるのだろう。ただ、現代の青年たちが、「性を厭らしいもの、汚いもの」と思っているかどうかはべつ問題だろう。性教育という段階を踏んできているかもしれず、そうした若者たちは性と正面から向き合って、多少の戸惑いを覚えながらも、一線を越えるときのくる日を待っている。だが、子供の誕生には性行為が不可欠であって、得能の立場は、そうした人類で最も無視できない過程に、性行為という「表立っては口に出来かねる」所作をひとびとが否応なく抱え込んでいるという点にある。生という輝きの光源に隠微な行為が潜んでいる。逆に言えば、隠微な性行為（夜の営み、とすら言われている）があってはじめて次の世代の生誕を迎えることになる。この避けがたい行ないに視座を設けてこそ、あえて飛躍覚悟で言えば、文学作品が生み出される。整の作品（特に晩年の三部作、『氾濫』、『発掘』、『変容』）は、この考えに立脚している。

私事で恐縮だが、大学教員時代に文芸部の顧問をしていて、部誌の読み手であった立場からすると、大学入りたての女子学生の作品のテーマが、高校時代に着ていた制服をハサミで切り刻んでばらばらにして高校時代への挽歌とすること、それと、部活などで知り合った同性の先輩から「（初）体験」を聞かされて未知の世界への憧れを謳うもの——これら二点を中心とした変奏曲が主な内容だった。

それだけ性にまつわる問題は男女を問わず青年期には、越えたい、越えるべき難題、関門なのだ。

さて桜谷は『サン・ルイス・レイの橋』を読みながら登場人物を引き合いに出して、筆を進めている。かれらの人間関係は、忠実に読んでいくとみえてくるが、それぞれの人物の意向のほうが大切だ。これだと思う見解を桜谷が本文から引用するが、その時点で桜谷の意見とみてよいと思えるので、それを語ったり思ったりする箇所を取り挙げてみよう。

まず、人間には二種類しかいないとして、「人を愛したことのある人間と、人を愛したことのない人間」だという。ここで「愛」というキーワードが登場する。愛情とは、一見、寛容的で思慮深さをみせ文学作品も生み出すが、結局、利己心《エゴイズム》が最も鋭いかたちで表現されたものなのだ。これは文芸作品を個我の表現とみている、整の代表的評論『小説の方法』の核心部と同じである。

得能は愛《ラヴ》を祈りとみなしている。そうした愛の観念が日本にはなく、その根本が「惚れる」に象徴される肉を介した恋の文化だったと説いている。したがって、明治になって、キリスト教の、祈りを第一義とする愛が輸入されても、肉欲のそれと齟齬をきたして、その溝を埋めるかのように恋愛という熟語が発明された。『サン・ルイス・レイの橋』でも、尼僧が出て来て、キリスト教の立場から愛(情)を説明している。

それによると、愛は生者の国と死者の国のあいだの架け橋で、この愛だけが生き残るという。人間が抱く愛の衝動は、その発端である神のもとへと還ってゆく。そしてほんとうの愛は、死という虚無の淵を越えて行くものなのだ。

こうした想念を持たない日本人は、その深淵のもとに取り残され、背後から死や忘却という輩に追いつかれてしまう。ここは重要で、かの兼好法師も『徒然草』で、死は正面からではなく背後より迫ってくる、とそら恐ろしいことを述べている(一五五段)。

本章に「教訓」という小見出しを与えたのは先述の通りだが、結果として、『サン・ルイス・レイの橋』——桜谷多助——得能五郎という経路をたどった、整の思想談義の展開となっていて、文言それぞれに滋味深いものがある。

日清・日露戦争

第十二章は「得能先生の登校」で、得能は大和大学に週二回非常勤講師として出向いている。その登校日の朝の気だるいが緊張もわいてくる心持ちの描写から筆を起こしている。周知のように東京の郊外にすむ得能だから、複数のバスを乗り継いで行かねばならない。そうするとぜん身なりはきちんとしていなくてはならず、ここでは鞄と洋服が取り挙げられている。勤め人の風俗を描いていて興味深い。

鞄についてだが、昭和初期には、弁護士、医者、学者、高利貸しという特殊な職業のひとたちの持ち物だった。しかし十年代になると鞄の持ち主が拡大する。令和の世とほとんど変わらぬ職種のひとが挙がっている。彼らをまとめて「事務的なひと」としている。片や「非事務的なひと」に文学者（例えば、文人、世棄人、反逆者、風流人）がいる。だが、当代の小説家は商業ジャーナリズムに支配されている分、予想外に事務的に生きているという。そして皮肉っぽく、「現代では、文学者の文人風な非事務的な姿態もまた、それ自体純粋な事務なのかも知れない」と述べることを忘れてはいない。得能の批評眼が光るところである。鞄の留め金や革についてことこまかに論じて、微細な事柄に関心を示す本作の筆致をここでもみせている。

この章は次の章で扱う得能の父・五助の話の序文めいてもいて、得能が中学時代に国語を習った高齢の花園先生（五十歳近く）の思い出を語って、次章への橋渡しの役目を負わせている。三つの思い出を挙げている。

一つ目は、歳をとってもそれなりに愉しみがあって、その独特な世界には希望もある。哀しい点は若いひとたちに相手にされないことらしい。

二つ目は、人間は何でもよいから他人にはこれだけは負けないというものを持つことが大切だという。

三つ目は、これまでの二件とは異なって、こののろのろと歩く花園先生が日清戦争に参加して得たものだ。それによると、戦争は命がけだからこんなに面白いものはないと主張したことで、敵兵の位置や移動と味方との距離や位置関係の掛け合いで、戦争ほど愉快なものはないと言って、少年得能をびっくりさせたこと。

ここから得能の父で、日露戦争に参戦した五助の話（第十三章「得能少尉勇戦」）に移っていく。

第十三章の「得能少尉勇戦」は、内容的に二つに分かれている。

一つ目は後年『年々の花』としてまとめられる整の実父の伊藤昌整の日露戦争従軍記を中心とした、整にとっての父親像(ここでは『年々の花』に言及するときまで取っておくことにしたい)。

二つ目は「区別感」というきわめて的確な標語でまとめ挙げられる、白人と黄色人種との「区別」のことだ。見落としているかもしれないが、「差別」という文字は出てきていない。

「差別」と「区別」の相違を問い、どちらが辛辣かをさらに加えると、みな、相違はよくわかないが「差別」のほうが重たい感じがする、と応えるのが普通だ。ヒットラアによるユダヤ人差別、強制収容所送り、毒ガスによる殺害の印象がすぐに頭に浮かぶからだろう。

しかし得能の目は「区別」のほうが峻厳な意味があると説く。小説の進行状態では、大和大学へ向かう途上の交通機関や次の乗りものを列を作って待っている間に、英国のフランシス・マクカラワ著(日本土岐騎兵大尉訳)『外国武官の観戦秘聞』を読みながらの、まさに得能の見識の高さを披瀝する「意見」が綴られている。

大意はこうだ。第一次世界大戦は、イギリス、フランス、ドイツ、といった白人同士の戦争だった。また、日清戦争も日本と清国というアジア民族間の戦いだった。ところが、日露戦争となると、白人であるロシア人に黄色人種である日本人が挑むことになって、ここに「白色」と「黄色」の区別が生まれる(そして図らずも日本の勝利で終わった)。白人同士での戦いは、相手が、この世で第一級の人種と定められた白人だから、「差別」があってもユダヤ人にたいしてくらいで、差別は存在するが「区別感」はない。

それゆえ帝政ロシアが敗北したことは、白色人種にとっては大打撃だった。ここに「区別」が生まれる。

続く第二次世界大戦で日本は、アメリカ、カナダ、オーストラリアなどの白人を相手に勇猛果敢に、だが合理性に欠ける精神論で立ち向かって敗れた。「白」が第二級の「黄」に優ったわけだ（第三級は黒人。この三つの区別を得能は中学生のとき生理学の授業で習っており、教師は何も批判せず淡々と授業を進めた）。

『外国武官の観戦記』で最初に得能が興味を抱いたのが、戦争それ自体の描写でなく、黄色人種とは無関係な白人の目に、黄色人種である日本人がどう捉えられたか、だ。さらに、白人と黄色人種との顔の輪郭の相違。ある日本人について――「先刻の紳士……は口のまわりが特に突き出たようになり、眼がきょとんと引っ込み、頬の骨が魚のようにはっきり飛び出している、骨格に皮を張ったような顔であった」。これは形態人類学的な描写である。日本人の欠陥として、蒙古人式の尖った頬骨と、横幅広い鼻を挙げている。

片や、文化人類学的見地からは、潔癖で上草履を穿くが足袋は穿かず素足であること。指や爪は清潔に洗い磨かれていること。歯の白さが天下一品であること。口腔内も清潔であること――こうした面を『外国武官』は書き忘れていない。美徳と言っても過言ではなかろう。さらに、ヒットラアの『我が闘争』の一文を得能が思い出してこう書いている――「文化を創造する民族と文化を維持する民族」を区別して、ドイツ人は前者だと述べている、と。

この段でいくと、日本人は欧米の文化を輸入して日本流に「加工」する、凹型文化の（ジャパナイズしてしまう）国だから「維持」のほうにまわされるだろう。

最終章での得能の筆力は文化論を越えて比較文明論にも及ぶ、読み応えのある章である。こうした作品が発表当時、どうのように受け止められたかは、想像にかたくない。堂々とした知見の広さを披露した、この「非正統的私小説」は従来の心境小説、身辺小説の枠を超えて、文明批評という域にまで達している。

その筆運びは縦横無尽で、時局を見定め、実生活を凝視し、あるテーマを意図的に掲げて批判的言辞でまとめている。リベラルな読後感だが、それは真珠湾攻撃が起こる前の時代を背負っていることからも、ある意味で伊藤整流の予感的「抵抗文学」とも考えられる。

さらに得能の筆勢は新規なものの発見とは違って、ある種、ある一定の知識や知恵の様態を綴っていて、みずからが所属する世間への接近手段として自己を利用する、という意味での新しさに充ちている。

2.『得能物語』

本作は、整の没後刊行された全三巻からなる『太平洋戦争日記』の内容と並行している箇所が多い。日記では、『得能』の名称で出てきて、今日も書けずとか勧進帳の安宅の関、ようやく書き終え、とかいった簡潔な表現で記されている。

日常への視線

第一章は「人間の顔」と題されていて、従事している職業によってひとの顔が定まると書いている。そのなかで文学者の顔は、みな異なっていても、共通の特徴があってすぐに判別できるらしい。というのも、小説家は「生きた人間の感情や表情を識別する身構えを持っている」からだ。これは音楽家が音を識別するのに似ているという。どういう表情に出くわした折にも作家は多くの情報を絵図で受容し消化できる姿勢を保っている。小説家の一面を見抜いた整の慧眼が光る文言で、小説家には「みつめる」という視覚的行為が大切だと述べている。

続く第二章は「鯉の頭」だが、最初に登場するのはドイツの従軍医師であるカロッサ著の『ルーマニア日記』である。この従軍日記は、一九一六年十月から十二月のたった二ヶ月の出来事が記されている。『日記』は再三出てきて整が好んだ作品だとわかる。『日記』から出来事を抜き出して学生たちに説明している（この章も前の章も、『得能五郎の生活と意見』の掉尾の、大和大学での講義の続きという体裁を取っている）。

得能はカロッサを高く評価していて、こう述懐している——同じく作家である自分がカロッサのように正しく考え、鋭くみて（観察して）生きていないのではないか、そうした要素をすべて備えた作品こそが優れた作品で、そこに恐ろしささえ抱く、と。この気の持ちようは完璧な対象物を目の前にしていかに自分が矮小な存在かを知って、畏怖の念を抱くのと同意だろう。

得能は『ルーマニア日記』の、小僧が複数の猫の処分を言いつかって、残虐な仕方で猫を殺す場面を引用し、これを、白いエプロンをした店の女将が鯛をさばいていく方法と重ね合わせて、その凄絶さを淡々と描いている。どちらからも凄味が伝わってくる。

とりわけ小僧の猫処分（猫を石の壁めがけて投げつける）は壁にぶち当たって落下して死ぬ猫たちは可哀想だが、そのなかの一匹だけが生き残っていて、よろよろと起き上がって小僧の許にもどり、哀願するかのように小僧の腕を嘗めるが、次の日の夜に猫の体調が急変し、カロッサがモルヒネを打つと死んでしまう。そしてカロッサは書く——「あの少年は二度と再び生物にたいして手をあげることはないと私は保証したい」と。この話のあとに乃木将軍の「復命書」と将軍作の「漢詩」の話題へと移る。

得能はカロッサの作品の優れた観察眼や知見の広さを褒め称えているが、作家には二種類のタイプがあるとする。物語の世界を構築するのに才をもつひとと、自己反省によって一個の人間として自己を完成する方向に進むひと、である。カロッサはもちろん後者。日本の私小説作家も後者に相当する。

これと同じような見解を得能は乃木大将作の漢詩を例えに挙げてこう考えている。即ち、小説はそれ自体で完結した世界を持っているべきだが、日本文学ではそれと異質な流れがあるとする。「それは作者の生活の裏づけを持ち、作者の生活の感動の反映として存在する文学の伝統」だ、と。

乃木大将の漢詩をはじめとして西行も芭蕉の句も、私小説作家の散文も、作者の生活と分かち難く連結していて、しかも生活の善し悪しは無関係だ。けれども作者がその生活を峻厳に反省し、その猛省の強度や徹底した生活意識が作品の基調となる点はつねに同じである。

最後に得能は結論づける。乃木大将の詩を紹介したのは、武人の心境の吐露を示すつもりではなく、「生活し、その感懐を述べて自らを正す、という日本文学の伝統が生きているのを見て、それを語りたかった」のだという。これは、平安時代の日記文学にも通じる、ある意味で普遍的(悪く言えば、見通しの立つ)文学論となろう。いずれにしても、「生活」を離れては効力は無となる。

「生活＝さりげない日常」から掬い挙げて、それに「文学性」を賦与すること、これは口では簡単に言えるが、並大抵なことではない。

詩人の「目」

『得能物語』には『〜の生活と意見』がついていないが、これはわりと大きな意味を持っていると思う。各章の中身に「意見」が少なくなっており、強いて言えば「感想」の類として受け取れる。この是非は測りかねるが、「物語」とした点にミソがあるのだろう。「生活と意見」を省くことで得られるのは、分析からの解放と文章のなかに陳述形態を挿入できる可能性が高まるという予測がつく。なるほど『生活と意見』でもそれはみられたが、挙げられたのは書物で、得能がそれを読みながら所見を述べてゆくものだった。自作のなかに自分が書いた以外の書籍（主に海外の書）を入れ込むことで、話の内実に信憑性を賦与して得能（整）自身の考察を披露しやすくしたかったためか、どうか。

『得能物語』の場合は書籍ではなく、得能以外の人物が得能に聞かせる場面が多い。

第三章の「砂谷村風土記（砂谷＝塩谷）」、第四章の「砂谷人物伝」では、松沢信太郎の話が中心となる。彼は得能より数歳年長で、砂谷地区に根差した、東北人の漁師の血を引きついだ頑強な肉体を持ったがゆえに、砂谷地区の少年たちに内在する共通な気質の持主だ。極論すると「（よく言えば）野性的、（悪く言えば）粗野な」な人物として、文学や芸術論議をする得能の友人たちからは疎まれている。信太郎は話がうまく、それもいろいろなところで同じ話をするものだから、得能に語るときにはじつに流暢な運びになっている。

信太郎は週に一、二回は必ず得能の家にやってきては書斎で話し込む。文学や芸術に全く関心がなく、得能と共有する故郷の思い出や信太郎の目からみた現代の政治批判で、胴間声で喋るから他の客たちは引いてしまって沈黙を余儀なくされる。

得能には信太郎の話が面白い。なぜなら郷里の砂谷村の風土や生活状況や人物を知悉しているからだ。その砂谷村はというと、明治維新の前、幕末からの鰊《にしん》漁業地であり、毎年三、四の二か月で一年の生活費の大半を稼ぐ、というほど、多くの漁獲高があり、したがってその期間は漁夫たちも命がけで働くのであった。ところが昭和の初年頃からその鰊が全然寄りつかなくなってしまった。今では村の周辺の斜面をつかって、果樹や蔬菜を育てて近隣の村人に売る生活へと一変した。整の十代の後半は、詩集『雪明りの路』や『冬夜』から察するに、鰊漁が衰退したこの時期に当たるだろう。木々や、林檎園などを詠んだ詩が多いからだ。小樽市の近郊の海岸沿いには、いまでも当時の盛行の極みを思わせる「鰊御殿」をみることが出来る。

さて得能の故郷の話が出たついでに、「標準語」、「標準地方」という北海道出身者には気になることを得能が議論し始めるので考えてみたい。得能の論法は「標準的な文章」は存在するが、前記の二つは相互に関係しないと成立しないという。「標準語」が生まれるためには「標準地方」がなくてはならない。後者のほうが先に存在してはじめて「標準語」が誕生する、という。

西欧・南欧を例にとれば、ラテン語という古代ローマのひとたちが話していた言語が、ローマ帝国の広大な版図すべての土地での書き言葉、話し言葉として成立した。もちろん帝国の安定期のことだ。だが、書き言葉よりも話し言葉のほうがしだいに地域色を増してくる。いわゆるラテン語の方言だ。「標準地方」と「標準語」が崩壊し、西欧・南欧にその地方独自の「標準語」が生まれてくる。

フランス語、スペイン語、ポルトガル語、イタリア語が主なものだ(オック語という言葉もあった。また、ルーマニア語がラテン系言語で、国民は宗教もカトリック教徒である〔現在はキリスト教正教会の一派ルーマニア正教会が大半を占める〕)。ローマ軍団がローマに引き上げるときに置いてきぼりをくらった地域とされ、イタリア語とそっくりな言語が現代まで用いられている)。これらラテン語の子供たちの誕生は、実質的なローマ帝国の崩壊、ローマという普遍的《カトリック》世界の瓦解を意味する。普遍(一)から諸地域(多)へ、である。

得能がここで掲げた問題はきわめて重大で、得能は出身地を再び「植民地」と表現している。ならば本国があるわけで、それが「内地《ないち》」と道産子がよぶ本州である(沖縄のひとたちは「本土」と称している)。だが、得能の慧眼は、各地からひとが集まると訛り(方言)が相殺され、一種の無性格さを帯びることを見出している。北海道の言葉が標準語に近いというのはこうした理由があるかもしれないけれど、北海道も広く各地で微妙にアクセントに違いがある。

弁舌に長けた松沢信太郎には、文学や芸術の話題は通じない。そうした類のものなど、この世に必要ない「一枚の薄紙のように頼りない」ものなのだ。

この信太郎が得能家の二階の窓から玄関から忍びこもうとする男を発見して、泥棒だと叫んで階段を下りて走り出る。得能も続く。結局捕らえられなかったが、男が泥棒だったのは逃げたからだ、と信太郎は応える。片やものを盗まないうちに逃げた男の心根にたいして、得能はいたく胸につきささるものを感じる――「その人間の心の嘘偽りのない働きかたが、得能の胸に応えた。一つずつ、人間はみな、そういう心を持っているというのが、畏怖すべきことのように思われた」。

心の純粋さ、悪行への後ろめたさがここにはあって、得能は良心や倫理の問題として把握している。こうした実にささやかだが、人間味（性）に深く根ざしたことにこだわる整の視点の底には「詩人」の目がある。

リズム

第五章は「桜谷と得能」という、小田切進や戦後の『鳴海仙吉』の〈あとがき〉の言によれば、整の外面が得能だとすると、内面が桜谷の役柄となる。桜谷は尚子という愛人に走って妻房子と離婚状態にあるが、尚子とうまくゆかず、もう一度、房子とやり直したいと思っている。二人のあいだには融《とおる》という子供があるが、この子を二人は第三者の許に預けている。たいていどちらかの親が引き取るのだが、そういう設定を取っていない。桜谷は愛人の尚子との生活も放棄して市井に潜んでいて、得能家に訪ねてくるときがある。そして愛人の尚子も得能家にやってくるようになって、妻の里子が話し相手となる。

こうしたややこしい関係が描かれているのだが、これは「三角関係」の変奏である。新心理主義文学を掲げて登場した整の初期の作品は、描写手法や筆致（つまり技術的面）は新心理主義だが、作品の内容はほとんどが男女間の三角関係だ（「飛躍の型」、「錯覚のある配列」、「夢のクロニクル」、「送還」、「感情細胞の断面」、等々）。これはすでに述べた。

新心理主義文学に関して整には『新心理主義文學』（第一評論集）があり、十以上もの項目に分かれているなかに「新心理主義文学」そのものズバリの表題の項目があるので、少し触れておこう。いろいろ書いているなかで文学的潮流を述べた箇所がありそこがわかりやすいので引用しておく――「時代をひとつ先行して文学を心理の世界に確立した大家ドストエフスキーとスタンダールとが居る。彼等は確信を以って現実の要素に選択を加えることと、信念に頼ることが出来た結果、性格上の特殊型を残して大をなした。だが彼等の仕事といえども、写実精神に於いてはジョイスに一歩譲らなければならず、細微さに於いてはプルウストに及ばないであろう。此処に我々の世紀の文学の驚異があるとともに、信仰に信念を失った我々の世紀のインテリゲンチアの急所があるのだ」、である。最後の一行はぐっと胸に詰まるものを覚える。信念はあるが信仰心を抱きづらくなった二十世紀前半の知識人への挽歌とも言えようか。

閑話休題。

桜谷も小説家を自任しているが作品は書いていない。書けないようだ。桜谷は得能が驚くような傑作を書きたいと宣言めいたことを口走るが、これにたいしての得能の言葉は辛辣である。桜谷に得能は、桜谷が「人間的な生活の実質」から離れて久しく、単に「文学志望者の形式上の夢想にとり憑かれている」と嫌悪感を示している。この場合の「生活の実質」という表現は重い。自然主義の代表的な五人の作家（島崎藤村、岩野泡鳴、田山花袋、正宗白鳥、徳田秋聲）の書く私小説的作品での「生活」とは異なる気がする。この五人、おのおの独特な文学世界を築き上げたので十把一絡げに論ずるのは危険だが、花袋の『田舎教師』、秋聲の『町の踊り場』といった作品で描かれる「生活」とも違う（この二篇、私はともに傑作だと考えている）。また、「子をつれて」の葛西善蔵、「業苦」の嘉村礒多の描く二作は、ぎりぎりの生活、我欲の提示にもいたっていない。これら七名の作家は自身の生活の「日常性」を書いている側面が強く、整が得能に託してみつめる生活は次のように「日常生活そのもの」である。

第五章の後半部で、得能が女中の花子にたいする気持ちを吐露する場面がある。病気がちな妻里子に代わって炊事洗濯などの家事を十五、六歳の少女が担う過酷さにたいしての理解は示すものの、風呂の沸かし方（蓋がずれて空いている）、味噌汁が熱くない（得能の好む味噌汁は熱くなくてはならない）など、不満もあるが、叱りはしない。また、刺身をおかずに食卓を囲んでいるとき、食欲旺盛な長男の一郎が、父親の皿に残っている刺身を箸でつまもうとしたとき得能が「ひとの食べ物を欲しがるのはよくない」と思うが、そう気づいたときには「噛みつくような」大きな声で叱責している自分に後悔してしまう、等々。こうしたよくみかけるが、文芸作品では描写されることが稀な日常生活の細部の心情までに筆が及んでいて、その微細への眼差しに整の生活観が見て取れ、「〜の生活と意見」という『得能』ものの総合的な執筆意図への理解が出来る。

ここで得能は言葉によって掬える内容とは、それがどういう設定であれ、現実の裡《うち》に在るリズムであって、音楽がとりわけそうだが絵画にも存在すると述べている。これは思考のリズムでもある。思考の律動こそ文体と同義だと愚考するが、得能はそれと才能の相違を提起している。得能は才能とリズムとは、文学ではそれほど関係ない、という立場だ。

これはもっと深めて考える必要があると思う。歩行や労働にもそのひと独自のリズムがあり、この律動こそが「いのち」の体現だと思えるからだ。整に「生命的な存在」というエッセイがあるが、ロレンスや谷崎を評価する整の文学観に、「生命(性)のリズム」がなかったとしたら整の文学はその存在の基盤を失うだろう。

晩年の三部作、「氾濫」、「発掘」、「変容」を読めば「生命(性)のリズム」がどの作品にも底流していることがわかる。

第六章は「桜谷の日記」で、桜谷が得能に送って寄こした日記の一部を得能が読んでいくという設定だ。日記を他人に読ませるという行為自体に違和感を覚えるが、それに得能は「桜谷自身の身体にふれたような、いやらしさ」を感ずる。その通りだろう。得能は適当に頁を開いて途中から読み始める。

中身は離婚前の、桜谷がこそこそと愛人Hと逢瀬を重ねている、そのときの妻房子への薄氷を踏むような心情ないしは心境を綴っている。後ろ髪を引かれる思いでH先へ向かうときに、桜谷は妻と子供がいるあたりまえの日常生活を美しいと思う（この「美しい」だが、整の『太平洋戦争日記』の日米開戦の折に東京の中心街で目にする光景を「美しい」としている箇所が散見でき、整にとってこの言葉にはある種の思い入れがあるに違いない）。

得能は、桜谷が妻に嘘をついてHと逢うのはとうぜんだが、嘘をつくと「自分の中が空っぽになり、裏返しにされたような気がする」。この章はこうした不倫をしている男の心理や所見を巧みな表現で描写していて、頷かされる箇所が多々ある。所見として桜谷が「家庭について」述べている。「家庭とは……愛情、それも夫婦の愛情と、それとはまた性質の違う親子の愛情とでつながれた人間が集っているところ」だと。しごくあたりまえな定義だが、これを崩している自分に桜谷は嫌悪と恐怖を抱いており、房子のちょっとした動作をみるにつけ、ワタシ　知ッテルワヨ　という声を聞き取ってしまう。妻と愛人の間で揺れ動く男心である。

しかしこの章でのいちばんの眼目は、『得能五郎の生活と意見』の第十一章「桜谷多助ノオト」で触れた「性」の問題だろう。留意すべきは、いずれも「桜谷」の意見として処理している点だ。本章でも、「性交」を男女が経験する甘美だが原罪を意識しており、それが子孫の誕生という神聖な結果をもたらす、という事実に桜谷は戦慄する――「この罪と神聖さのかなしい結びつきのなかに、人の生活」が営まれている。こうしたことをいちいち考えていたらたまらないと思うが、整の文学の根っこにはここまで掘り起こさなければ許せない己が存在する。

そして桜谷は得能のことを「冷酷な人間ぎらいな表情」をしていて、「うれしい時」は自分のことを喋りまくる人物、そうした男と十年以上つき合っているのは、桜谷自身の性格が得能のような人間を求めていたからだ、と結論づけている。得能はそこで日記を読むのを止めてしまう。桜谷は整の内面を本作では受け持っている。その内面の内面を日記からのぞける。二重の膜に覆うかたちで整は自虐的に自己分析をやってのけ、それをサディスティックでない平明な文章で書いている。読み手に与える効果は、例えば嘉村礒多の「業苦（三角関係を描いているが、筆致は妻が結婚当時処女でなかった点に端を発している）」より効果的だ。「業苦」では直截的すぎて読者は作者との距離感をつかみにくいというのが正直な感想だ。

額縁小説（物語）

第七章の「蝶の話」は、一九四一（昭和十六）年（この年の十二月八日に日本軍が真珠湾を奇襲した）の春から話がはじまる。タイトルの「蝶の話（整の『太平洋戦争日記』では「地中海譚」として登場」）は友人の詩人、秋山雪夫の趣味が「昆虫（特に、蝶）採集」のあることからきている。秋山の趣味の変遷も、得能は話題に挙げているが、内実はもっぱら「時局」にある。秋山の趣味（というよりも、研究）が、「豆、季節と月、硝子、帽子、花、そして去年の秋頃から『蝶』に変わった」。趣味が変わるたびに執拗なほどにその対象にのめり込んでゆく、「時計と百科辞典とが同居していたような」人物が秋山である。この変移をみるに、得能が熱を込めて語る、「支那事変以来五年目のこの春」での日本人の生活状況、イギリス軍の他民族をけしかけて戦わせるやり方の（卑劣さに狡知)、などをはじめとして第二次世界大戦三年目の西欧各国の様子を新聞記事を通して得能が、秋山雪夫の趣味への執拗さながらに記してゆく。

アメリカが日本への石油の輸出を拒んでいて、蘭印の石油まで手に入らないようにしている。そのため(石油確保を目的として)広東附近海南島を攻略し、仏印に進駐してゆく。これは秋山の推測としていて位置づけられている。次のも秋山の予想だ——日本が生き延びるため仏印などを征圧にかかるときは、英米との開戦を意味する、と。この考えは当時の誰もが共有していた。

第一次世界大戦でも第二次世界大戦でも、ドイツは敗戦国の烙印を押されるが、そのドイツに向けて、得能は公平な視線を送っている。

戦争にもならず、平和になる見込みもないという今の日本の環境の重っ苦しさに較べると、思い切って欧州の天地であばれまわっているドイツのやり方が、胸のすくような印象を与えるのだ。

鬱屈、閉鎖的な当時の日本社会を率直に述べている。

さて、第八章は「葛の話」と題されているが、七章も秋山雪夫に語らせているように、この章では三度目に登場の桜谷多助が、「最近小説にするつもりの原稿」を地の文章にしている。「得能五郎の生活と意見」では得能みずからが前面に出てきて話す、というか「意見」を述べるのだが、『得能物語』の得能は背後に隠れて友人たちが語り手になっている、ことはすでに述べた。多少ともうがった見方だが、「額縁小説（物語）」とも言えよう。近代散文の出発点となったジョヴァンニ・ボッカッチォの代表作『デカメロン』と同じ様式だ。即ち、作者ボッカッチォがいて、十人（男性の青年三名、女性の娘七名）がフィレンツェ郊外の丘の上で、毎日テーマを決めてひとりひとりが物語をする、というもので、ボッカッチォの創造した十名の語り手が作者となって話を披露する――そのため作者が二人いて、当初の作者であるボッカッチォは額縁の外にいることになる――それゆえ「額縁小説（物語）」と称される。

整もこの方法を採用して、これまでも桜谷の日記、秋山雪夫の話として枠を設けている。この第八章もそれに準じて桜谷の未完成小説を登場させている。「俺」という主語の文章が桜谷の未完成稿である。

内容は房子、融、尚子との三角関係、離婚後などの難題とその解決の糸口を見出そうとして、逆に己の内面へと目を向けざるを得ない必然を描いている。整の内面が桜谷だと論ずる『鳴海仙吉』の〈あとがき〉を信じれば、ここに整の内的葛藤を見て取れよう。かなり自虐的な吐露だ。

本当は俺は、人の悲しみをも悲しみとして受け容れる力がなくて、ただ形の工合よさや、好き勝手に生きることだけを望んでいる、中身のない人間なのではないだろうか。

こういう分析のあとで桜谷は決定的な想いにいたる――それは他の人間にバレないように蓋をすべき内実なのだ。そう、桜谷の脳裡に翻ったのは、「占めた、これは書けるぞ」という一つの声だった。小説のネタに気づいたということだ――「そんな声が、いま、この時に自分の内部から湧き出た、ということは、人の世の果に来たような思いであった」。

そして桜谷は著名な私小説作家の名と作品を列挙する。沼崎洋村（島崎藤村）の「前世」（「新生」）、遠松春江（近松秋江）「白髪」（「黒髪」）、田村窮多（嘉村礒多）「業苦」など、辛井純蔵（葛西善蔵）「子をつれて」等。日本の作家たちの傑作はみな自分の体験を書いたもので、「体験」を持たない作家には碌な作品がない、と言い切っている。彼らも俺と同じく「占めた、これは書ける、これはきっといい作品になる」と思ったに違いない。しかしこの文言を告白した者はだれもいない。

「占めた、これは書ける」（この文言、整の弟子を任ずる奥野健男がよく引用する）と思ったことがない作家の作品は、告白するような表情をしながらも、「自分に痛くない生活の外側だけを書いて」いるのだ。書くことと書けることは似て非なるもので出発点を異にしている。

整は得能、桜谷の二人という二重の仮面をつけて慎重に私小説の是非を提示している。むしろんそうすることで整は私小説を擁護し、私小説でこそ真実を書けると小声で主張していると思われるのだが……。

この章でも時局についての記述がきちんとされているが、その役まで桜谷が負っている。独ソ開戦とその恐ろしい意味が中心で、松岡洋右（一八八〇―一九四六年）の名前も頻出している――「その上、新しい戦争はすぐ日本海の向う、満洲国の国境までよせて来ている。それなのに、東京のこの裏街は何とおだやかで美しいことか」。この一文は戦中であるのに戦場ではない場末のささやかな「平和」を謳っている。現実に起こっている戦争を知りつつも、例えば、子供たちの遊んでいる世界とは無縁であることと同義である。現代イタリアの代表的作家であるイタロ・カルヴィーノ（一九二三―八五年）に三十枚前後の短編「ムッソリーニがやって来た」がある。これなども、この手の作品でムッソリーニが（おそらく）オープンカーで通りすぎてゆく場面を主人公の少年が見送って、大した体格の人物ではないなと、彼の起こした戦争までそのようなものだと錯覚する筋立てだ。主人公の少年の村からも出兵してゆく青年もいるが、主人公とは無縁であることを、メランコリーな文体で描いている。原題は「*L'entrata in guerra*（「戦争の始まり」、が直訳）。

暗喩

第九章の「蟻の話」は短いが中身は濃い。本章は「AとB」という形ではなく「A対B」という対立、敵対という戦争の隠喩である。

例によって得能の畑仕事が話の中心だが、今回は、「胡瓜《きゅうり》」と「茄子《なす》」に取りつく「油虫」と、その油虫を胡瓜や茄子の葉に運ぶ蟻対策に描写が注力されている。蟻と油虫は上記のように協力し合って生きている。

胡瓜や茄子の収穫を稔りあるものにするためには、油虫を運んでくる元凶である、蟻を殲滅《せんめつ》する必要があると認識する。得能は自分が自由にできる時間をすべて蟻退治に使う決意をする。

隣家の佐野老人の方法（先端がばさばさになった太い筆で、葉についた油虫を払い落す）について考え、その方途を「自分の労苦が蟻の労力と同じ水準になるゆえに人間の尊厳が犯されるような気がする」とけなして、いわゆる四苦八苦が始まる。

「女の髪の毛」を茄子などの根元に置くやり方。「セロハン」のような透明紙を、何枚か適当な大きさに切って胡瓜や茄子の根元に下向きにはりつけて「傘」のようにする方法——当初、蟻は傘の内側を登り切れずに地面に落ちていくが、やがて慣れてくると、内側を這い上ってくるようになって、これも失敗。次に「鳥餅」を茄子などの幹に塗りつける。これはかなりの成果を上げるが、雨が降ったり晴れたりの天気が続いたのち（得能は外出して四日間、畑をみる暇がなかった）、その次の五日目に、蟻がまた葉っぱの上をはっていた。餅の部分に小さな砂のようなものが埋まっていて、そこを蟻が通過してゆくという寸法だ。

得能は自分（人間）と蟻（昆虫）とに能力の差がないことに気がつき、蟻が憎しみの対象ではなく、蟻の（生き抜いていこうとする）力を、「蟻のために喜ばしく」さえ思うようになる。そして油虫対策をやめてしまう。

この空しい努力奮闘は、それまでの日中戦争や太平洋戦争の日本軍にたいする、整なりの暗喩であろう（ミッドウェー海戦［一九四二〈昭和十七〉年六月］での惨敗はもう済んでいるが、国民はそれを知らされていない）。粘りの中国、物量豊かなアメリカに敗北を余儀なくされることへの予感か。そして占領軍を引き入れることになる点でも。「蟻」への「喜び」は、「敗北後の平和の訪れへの安堵、歓喜」であるとするのは、それはここではまだ無理か。

この後、郷里が同じの松沢信太郎がやってきて、雪を用いた北海道での蟻駆除対策を雄弁に語るが、その乱暴な所作に得能は「非合法的な蟻退治」と嗟嘆し、信太郎の性格にそっくりだとこぼす。

戦時下の暗澹たる、すさんだ生活を吹き飛ばしてくれるような意気込みを信太郎の方法からは感得できるが、得能は尻ごみしている。ある意味で「知識人」の生きざまと限界を垣間みる思いがする。

生きていることとの実体

第十章は「勧進帳」である。歴史的にも歌舞伎の演目でも著名なエピソードだ。富樫が安宅の関（現在の石川県、小松市・小松空港近郊。この関所を越えると金澤や能登方面に抜けられる）の番をしていて、山伏姿の義経一行を通すか通さないかでもめる段。『太平洋戦争日記』では、十七年一月二十一日に、「『安宅』の部分は外人流の見方と言われても仕方のない処がある」と記している。「外人流」とは「専門外」くらいの意味だろう。事実、得能は音楽の面でも邦楽には疎いとしている(友人の山崎から、歌舞伎がわかるためには浄瑠璃などの音曲への理解が欠かせないとたしなめられている)。

歌舞伎を観に出かけた得能と里子は、あろうことか、桜谷の愛人だった尚子が見知らぬ男と夫婦づれといった風情を醸し出してすぐ前の座席に座っていることに気がつく。尚子だと得能は確信する。そして休憩時間にすれ違っても、尚子が素知らぬ振りをして通りすぎてゆくことに驚きを隠せないが、ややあってそれがしごく当然だと思い直す。尚子が桜谷の愛人であったこと、得能の家に何度も遊びにきたことを、もう払拭して新たな人生をその夫たる人物と過ごす、添い遂げるつもりなのに違いない。生きているうちに二度と会わなくなる知人・友人がいてもおかしくはないのだ。

桜谷との生活にあんなに……賭していた尚子が、今はこうして新しい生活のために過去の知人達から断ち切られたいと願っている。それが彼女の幸福の実体なのだ。……この夫と共に彼女は生き、年老い、やがて死ぬであろう。自分たちも、桜谷も、その尚子とはもう逢うこともなく、やがて死ぬだろう。生きていることの実体は何なのだろう。古い、美しい、はかない、何代も何代も続いた日本人の生活の実体らしいものの影が、ちらとそのとき得能の心をかすめた。あっこれだ、これが生活の意味だ、と得能は、それを素早く宙に掴もうとした。だが、それは一瞬で、忽ち見失われてしまった。

こういう発言をする得能はその前に、「愛」を近代の文芸評論家や思想家の発明品で、一種の「合言葉」では？　と疑問を呈している（こういう着想は後年の評論「近代日本における『愛』の虚偽」に結実する）。夫と妻と子供がそろっているのが、理にかなっていて本来的な家庭であって、そこから離れて夫が不義でもはたらくと、その男は不安に陥ってしまって、「家庭・家族」にもどりたがる。その三角関係を描いたのが日本や西洋の近代文学だ。そこで得能は近代の日本や西洋の文芸作品で描かれた、生活を決定づける男女間の愛が眉唾だとひそかに考えるにいたる。それではその代わりとなるものは、「単純な好悪の情」と「そこからやがて生まれる肉親の愛」の二つだと明言している。

ある種、危険な発言だが、文学作品でのみ許される不義密通をあえて桜谷が現実世界で実行に移したのではないか、とも述べている。そして前述通り、愛人尚子のほうが現実路線を新たに見出して、新しい一歩を踏み出したわけだ。桜谷は自身に決着をつけられないうちに戦地へと旅立った。

「愛」が人間の根源に関わる提題なら、「食生活」もそうであろう。

第十一章は「得能の炊事」と題され、諸般の事情から得能が食事の用意をすることになる。家族（病気で臥している妻とやんちゃな二人の息子、それに自分）の食事は生命維持のため不可欠なものだ。炊事に慣れていない得能は悪戦苦闘する、その顛末を描いている。三度の食事の用意で自分の仕事がめちゃくちゃにもなる。「女中がいなくなって、里子が寝ている。そうすると家の中は、寒風が吹くように、荒涼としたものになる」。女中は、徴用にとられた千恵子のあとに花子をやっと迎えるが、その花子も国に帰ってしまう。

得能は派出婦を、と思うが、家のなかに土足で唐突に入ってきて、家庭で最も家庭的な場である食卓に自分も座って一緒に食事を摂るというその厚かましさに、得能は耐えられない。得能は些細なことにこだわる性格で悠然と構えていられない人間として描かれている。

妻も女中も派出婦にも期待できなくなった得能は、やっと自分の出番だと痛感する。妻や女中が「神様」にみえてくる。

日が経つにつれて台所の「経営（「経営」という言葉を用いているのが興味を惹く。整は商業系の大学に学んでいる）」が心を占めていくことを実感し、手際よい「台所」の「片付け」を期すのが、いまや最重要課題となる。

炊事の話題と並行して時局に得能は目を向けている。

米国が、日本の南仏印進駐を機に、「日本の資金凍結を実施してから、日本の対米感情は急速に悪化」。それと同時に来栖《くるす》大使や野村大使とハル長官との折衝の記事を載せている。真珠湾奇襲攻撃の前に当たる。

日常生活では、二、三年前から流行となった「ツッカケ」を履いて、得能は銭湯に通う。内風呂よりからだがよく温まり、雰囲気も変わって頭も休まるという。またご時勢柄、父と同じく自分も国家のために身を挺する覚悟を固める。

最後の第十二章は「歴史の波」と題されていて、『得能五郎の生活と意見』の第十二章「得能少尉勇戦」と内容的には重複している。言うまでもなく実父、得能五助の日清・日露戦争従軍記だ。ただ、『得能物語』のほうが父親の履歴にまで筆が及んでいる。近衛兵だったことにも触れている。また北海道内での居住地も、塩谷村（現、小樽市塩谷町）に落ち着くまでの場所にまで言及している。

この章の眼目は得能が、日露戦争を中心として、父の人生をたどって伝記として遺しておきたいという点にあるが、もっと強調してよいと思えるのは、文献で日露戦争のことを知りつつある得能が、真珠湾奇襲のラジオ放送を耳にして、その圧倒的事実が全身を波のうねりのように襲ってくる。そしてそれが「三十八年前の国運を賭した日露戦争と同質の、しかももっと巨大な戦争」の始まりが祖国のまえに出現したのをまざまざと実感した、という掉尾の文につながる。

さて、この『得能物語』は、前作『得能五郎の生活と意見』と同じく、『新潮社文芸賞』（昭和十八年度）の候補作となる（他に森山啓『海の扇』、太宰治の『正義と微笑』。以上の三作）整は受賞を夢見て胸が躍る。だが、受賞したのは森山啓の『海の扇』。川端康成の選評には「かなり複雑な作品なので、簡単には批評出来ないが、私小説でありながら同時に一種の心理小説ともなり、一種の社会小説となっている点、私小説に新体をひらいたものではないかと思う。作者のいずまいも腰を落として振りこみ、よく練れている」。整はこの選評を読んでから、大分気持が立ち直った。「心細い話だ。こんなにも他人の言葉に動かされるか」（「伊藤整『太平洋戦争日記』」昭和十八年四月二十九日分より）。もうすぐ四十歳を迎える整の受賞への希求、肌身にしみてよくわかる。

戦後の作品である『伊藤整氏の生活と意見』の第一章に、「『得能物語』の末尾に到って、一九四一（昭和十六）年十二月八日の太平洋戦争の開始を描いて筆をおいた」とあるのは、この「巨大な戦争」の開始を指している。

3. 同時代の「評論」にみる伊藤整

(1)「私小説について」他

昭和十五年、十六年の二年間、整はおよそ四十余編ほどの短い評論（あるいはエッセイ）を書いている。そのなかで『得能五郎の生活と意見』執筆と同時期にものしたもののなかに整の生涯の文学的テーマとなった私小説についての、その名を冠する当初の論考として「私小説について」（『現代文学』所収、昭和十六年八月二十八日、第四巻第七号、より。新潮社版・第十五巻）がある。三十歳半ばの整はすでに告白的作品『街と村』（「幽鬼の街」と「幽鬼の村」）を書き終えていて、ある意味で「告白」は終わっていたかもしれない。次に『青春』などの作品を刊行し終えている。だが、時局は日中事変がますます容易ならざる局面に達していて、整も小説執筆の上で、時代背景を意識せざるを得なくなる。そのなかでの小説だから、もっとも身近なモデルを立てて、当時の日本の社会のなかの一人物をなるべくその完全なる姿を描こうと考える。それは整みずからの自己告白の形を取る方法であるのは言うまでもない。

主人公の生活意識の表明であり、自分以外の人物を主人公に書く自信がなく、つまり他に適切なモデルがみつからないので、自分を主人公に据える。だが、作中での「自分＝主人公」は、人物「描出」の点で完成度が高くて生き生きとしていなくてはならない。こうして『得能五郎の生活と意見』を練っていく。その意味で「私小説について」は、『得能五郎の生活と意見』の理論編と言えよう。

この場を借りて整は後年に結実する私小説観の最初の試みをしている。もちろん、得能五郎や桜谷多助の分析も怠ってはいないが、「私小説について」で取り挙げた意図が「私小説とは何か」にあるので、その方向にそって論述していきたい。整がとくにこの論を設けた理由がいまひとつあるので、最初それに言及してみる。整が『得能五郎の生活と意見』を書く上で参考としたのは、私小説を告白文学としてみるのみならず、主人公の意見の表明の場でもあるという、中野重治の作品（「村の家」）からの感化を挙げている。重治の作中人物は父親から百姓になるよう意見される立場にあり、整はその意見スタイルを是として自作に取り入れようとする。そうなれば、小説が全体として客観化され、「私」をモデルにした客観小説が完成するというわけだ。それゆえ、「意見」という二文字を小説のタイトルに入れることは、従来の告白への挑戦となろう。従来の私小説は「私」の生活が有する確実な自己自身の外《ほか》、自分以外の外部に向けての発信はしないのが流儀だったが、整の立場は生活に付随するもやもやしたものまでにも表現を与える点にある。つまり、考古学者でも、考古学という学問もその人物の日常生活もみな絵にして鑑賞できるよう、人物を立体化することを意味している。こうした具象性こそが小説成立の根幹なのだ。

日本の私小説は告白精神に充ちているが、それは「懺悔的衝動の文学化」で露出度の高い告白だ。それゆえ皮肉にも、懺悔精神が強固で自己卑下への忍耐強さなどが、作品の価値を決めてしまうことになる。そして書き手にはそれを達成できるだけの能力が求められる。逆にいうと、描出力が不充分だと文学として成り立たない、ということになる。即ち、構成力などではなく、充分な描出力（告白力）を持った書き手の自己告白こそが、私小説の傑作ということになる。考えさせられはしまいか。ここに構成力や作品の骨格や時代認識など社会性などが二の次で、作品自体で一つの完璧なる全的世界が出来上がっていることが原則としてあって、「短編小説の日本的形」が出現するが、反面、小説形式の瓦解を示すことにもなる。

整は分類魔だからここでもその才能を如何なく発揮している。私小説尊重の傾向から生ずる結果を四つに分けて述べている。

一、自己表白が最重要であることが小説の真髄ならば、ひとりの主人公の性格描写が、その開始から高揚、展開、終結の順路を取る。これを繰り返すうちに、描出力の芸術としての存在を思考しなくなってマンネリ化してしまうと危惧されること。

二、痛烈な作者の自己告白のため、ユーモアや風刺といった生き生きとした力が作中に入りづらくなって、深刻度ばかりが増すこと。

三、知られたくない欠点を隠すために、知られても構わないことを意図的に強く押し出すこと。

四、「自己告白」の完成は作家としてその人格が尊敬の対象となって、「作家人格主義」を生み出しかねないこと。

こうして分類している整はこの面だと批評家だが、小説家としての顔も持っている。この二つをどう仕分けしているのだろうか。抜かりなく論じている。

作家と批評家との異なる点とは、小説家の本質が、創作中の自分（＝作家）を直接、現象的に動かしている描出へ関心がある一方、批評家の本質とは、小説家が間接に根本的に支配されている作家自身の精神に関心があることである。

この二つは対立の関係にあるという。批評家の興味の的は作家みずからの認識外に当たることが多く、指摘を受けて作家ははっと気づかされることがある。

さて、と整は結論を提示するまえにひと息ついて、これまで整が「描写」ではなく「描出」という言葉を用いてきたことを知らしめ、その違いを説明する。

「描出」とは、「文章がある事実、ある現象に附随するというように働かず、それ自体一定の世界を作り出すという風に働く文章のこと、を言いたい」と。ならば、附随しないで作用するのが「描写」で、作者の目となってさまざまな世界を描き出すことを指すのだろう。

そして結論がくる。私小説と日本での本格小説の差異を言い、最後に芸術の用件を挙げている。

私小説――「作者自身がモデルである小説は、ほとんどつねに、その人となりや環境とのつながりやその人物の日常生活の説明をかかずに、告白をかいてしまい、これが『私小説』と言われる」。

日本での本格小説——「作者自身でないモデルに依って、そのモデル自身やその環境を説明し、やがて起る事件へも筆を進めるものが、日本では『本格小説』とよばれる」。

両者ともに、「環境」という言葉を用いているが、その域の広さに違いがある。

ちなみに、ほんとうの「本格小説」は、フランスの自然主義に端を発する。近代になるとひとびとは神を第一原因とはみなさずに自然を第一原因とした。そこから自然の正確な模倣という美学的な関心が生まれ育ち、その後の唯物論が唯物論的感覚思量を生み、さらに博物学的類語の影響で文学的な自然主義が誕生する。自然にたいする（客観的）観察と分析を体系化して、人間を社会組織内の「個」としてみて、この体系化が実証主義と科学を追究するにおよんだわけで、これこそが自然主義作品（本格小説）の思想的潮流だ（饗庭孝男）。この西欧の自然主義を日本は受容するのだが、周知のように神との対決も、博物学的要素も日本人の書き手は持たなかったがゆえに、緊張感の欠いた、気質の表現に重きを置いた、上述の整の「告白」を第一とする私小説を生み、日本的本格小説を培った。

最後に芸術の要件として、「描き出された独立の世界を持っていること」を挙げている。ごくあたりまえのことであろう。

「私小説について」と同じ月に「作者としての『得能五郎の生活と意見』について」という短いエッセイがあるので取り挙げてみよう（「新創作」所収、昭和十六年八月一日、第三巻第八号より。新潮社版・第十五巻）。整のチャタレイ裁判に取材している、第Ⅱ部で言及する『伊藤整氏の生活と意見』で、模擬裁判の章があるのだが、その被告人として中込検察官、十返肇がその位置に置かれて悪者扱いされていて腑に落ちなかったが、今回、この短文を読んでやっと霧が晴れた。

十返は『得能五郎の生活と意見』を真っ向から失敗作、駄作と否定している。得能五郎＝伊藤整と決めつけ、作者伊藤整を困惑させている。作為性もユーモアもいっさい認めず、整が得能のように自堕落な男だと決めつけている。「私小説について」では、時局に鑑みて整自身が他にモデルがいないから自分をモデルにしたと記しているが、そもそも「モデル＝実在の人間」ではない。こうした基本的な事項からの十返の批判は、いくら積み重ねても崩壊の憂き目に遭う。整みずから、執筆中、第七、八章あたりからユーモラスを主人公に賦与するために、整自身とは異なったべつの性格の造型になったと述べている。私小説といっても正直にすべてを告白するわけではないだろう。懺悔もほどほどに、ということも考慮せねばならない。

整はこの短文をこう結んでいる――「描かれている人間（得能五郎）が未熟でいい加減だからといって、作品（？）が非難されることはどうにも訳がわからないのである」と。かえって、いい加減で適当な人間を描くほうがむずかしいのではないかと思うのだが。

（2）「感動の再建」他

「感動の再建」は、『知性』所収、昭和十七年一月一日、第八巻第一号（新潮社版・第十五巻）に発表されたもので、整の表現によると「大東亜戦争」が始まって、二ヶ月経過している。

このエッセイでの「感動」とはいったい何を指すのか、整自身が明示していないのか（あるいは私の読みが浅いせいか）あまりはっきりとは伝わってこない。ただぼんやりとだが、さまざまな分野の文芸作品を論ずる意味をほとんど喪失していると冒頭と述べている。そして従来の領域から文芸作品が解放されて「漂い出した」と付言している。「漂い出す」からの印象は「正」の感覚は受け難い。「漂流」という言葉が示すように、沖に流されてしまったら、なすすべもない。そこで整は、わが身に言うべきものを持つ者だけがその内容に信を置いて、それを頼りに生きていくべきだと説く。正論だが、この文言の裏に逼塞した時代背景をみる思いがする。それゆえにこそ、整の思考は内省的になり地に足を着けた生き方を是とし、人間生活のないところに思想はない、と断言している。そして作為のある小説がもう袋小路に入っていて、手記的なものにこそ真実を実感するとしている。つまり袋小路に迷い込んで読者が感動を失った無感動の作品から感動を感得できうる作品の再建を主張している向きがある。

さて、今後歴史小説が開花すると整は言う。手記的作品と歴史小説の対比なのだが、前者が私小説へ、後者が（物語小説を核とする）歴史小説へと転じていって、当分歴史小説の時代がくるという。ここで「私」の問題が置き忘れ去られてはいけない。この問いかけが（1）の「私小説について」の問題に行きつくのは明白だろう。

さらに前述の「人間生活」は、時勢がそうさせるのか、中華民族にはない日本民族固有の「（他と）異なるもの」への自覚、そこに「神道」を整は持ってきている。神道に率直で素朴な大きな精神を整は感得するという。

特定の教義を持たない「神道」自体宗教かどうか疑問視されているが、大日本帝国を構築する礎になったことくらいは私でも知っている。江戸時代のように仏教ではなかった。日本古来の教えとして、特に幕末期（それ以前から）、儒教や洋学に対抗するかたちで「国学者」たちが敬重した研究対象だった。藤村の『夜明け前』の主人公青山半蔵はその象徴的人物だ。

整の意図がどこにあったのかわからない。ひょっとしたら、神道へのおもいが「感動の再建」なのかもしれないが、安易な結論は慎むべきだろう。

「感動の再建」発表後の同年（昭和十七年）三月に同じく『知性』第八巻第三号（新潮社版・第十五巻）に整は「憂国の心と小説」というやや長文の論考を寄せている。「感動の再建」を受けて、歴史小説と（今度はいっそう明白に）「私小説」を対比するかたちで打ち出しているが、狙いは（1）の「私小説について」を継承している。その前に「歴史小説」を「仮託方法（作品）」と、「私小説」を「直接記録」と捉えている。文学表現にはこの二つしかなく、「直接」という文言に抵抗を覚えるのは私だけではないだろう。「私」への執着みたいな要素《もの》を痛感する。

この論理から歴史小説が二の次に扱われており、戦時下の整の貴重な私小説論がうかがえる。「感動の再建」の冒頭で述べた、言うべきことを持っている者がその内容を信じてそれを吐き出すことで仕事となる作業が私小説で、私小説とは「人間の素朴な感動の実質を吐露する器の形」とも定義している。その「私」の表現を受け容れてくれるのが文壇であり、巷の生活（者）であり、友人であり家族なのだ。

こう述べる整の念頭には、「大東亜戦争の勃発後の今日は二回目の御詔勅発布記念日」に当たり、「支那事変以来の文学者たちの仕事も併せて考えたい」とあり、整がきちんと時局を見据えて発言していることがわかる。彼は新々気鋭の詩人、英文学者、翻訳家、新心理主義文学の紹介者、小説家、つまり、知識人として世に出た。マルクス主義にも同調していない。さりとて国粋主義や軍国主義とも無縁である。

「転向者」とも異なる。むしろ当時の、一般の知識人をはじめとして庶民まで含めた幅広いひとたちの、おおよその考えを代弁しているのではないだろうか。

整の思考の根本に文学が時代精神の反映だとする面があるはずで、それなら支那事変以後の文学が質的変化を遂げてとうぜんだ。時代の新精神を汲み取って、その方向に進むべきだ。

支那事変下に生きる文学者にとって「写実的な本格小説よりも私小説での方が重要」だと記す整だが、それには私小説が根本的に懺悔的告白という大前提を持っている点にある。懺悔、告白の類に写実など無用ということだろう。その点自己の思想を述べるという「日本の往古から」の考えに合致している。その例として「神皇正統記」や「奥の細道」を挙げている。この二冊を指して「作者が自己の感情を吐露し、自己を修めること」を目的とした著としている。「修」の字を用いていることに整の方向性が見て取れる。

次に、大東亜戦争勃発後の宣戦の御詔勅へと時代が移っていくのだが、それにつれて整の思考からだんだんと「社会」が失せて行き、小説で描く核心部が作者個人へと変化していく。あえて社会問題に目を向けずに、文芸作品を個人だけの表現とみている（「小説はもっと作者の感動や思念にじかなものであるべき」だ）。整は小説にたいして倫理的要求の度合いを強めていく。

私小説の作者は「作中の主役で、ときとして思想や倫理や美意識についての主張者」なのだ。さらに作者自身の「人間記録」で「心情の吐露」の場である。「古き著作精神」に接木《つぎぎ》された「小説風に描出することによって、一層その心情を明確ならしめる一つの新しい文学的形式」とまで言い募り、その根源に「古き伝統的な民族の本能」があると結論している。

このように書いていく私の胸中に浮かぶ整の立ち位置こそ、「受苦」にふさわしいように映る。ルネサンス文化運動に似てもいるが、やはり違う。ルネサンスは古典古代の文献から糧（人文主義）を得て、それをキリスト教と融和させて〈キリスト教人文主義〉として人格形成を行なう生活態度を言い、始源から当代に還ってこなくてはならない。温故知新であってその逆ではない。古き伝統に還ることで私小説を論うのは整にとっては、本来的に私小説を逆手に取って執筆するのだから「受難」そのものである。それゆえ私小説が作者の心情吐露であり、作者みずからが作品に倫理的責任を負うことになってしまう。「自己潔斎」とはよく言ったものだ。

（1）の「私小説について」と比べて、同じ戦時下でも、太平洋戦争開始前と後ではこうも異なるのか。そこに私は整の「受苦」を目の当たりにする。懺悔、潔斎を介して心底にある、憂国の心懐を積極的に吐露すると、大東亜戦争についての御詔勅を拝読して胸を打つ整がいる。「日本人たる意識が自分のなかに新しく洗い出される」とも。

私小説を日本的な思想文学形式として仕立てあげたい。それが実現すれば同じ民族の血の騒ぎを私小説に覚える。当時の世で成り立つぎりぎりの立論だったのか。まさに「〈苦〉の受容」だ。

この点、作品のなかに憂国の情を盛った先鋭的な歴史小説家に敬意を払うが、私小説も歴史小説も、国家国民の運命を担った小説形態へと、当節、移行しつつあったのは事実だろう。というのも人間たるもの、思考の根っこに国家民族の運命を軸として生きているからだ、とまとめている。

当時の知識人はじめ、同時代のひとたちの考えを止揚するとこうなるのだろうか。あるいは、これこそ戦時下の雰囲気で、整の本音はべつな所にきちんとありながら、意図的にこうした時局に迎合しているとみせかけた文章を『知性』という名の雑誌に寄稿したのだろうか。一方で戯作的作品を書いているわけだから、この評論の文面も自己韜晦のほか何ものでもない、のかどうか……。

おわりに

戯作的作品二篇と同時代の評論四編を検分してきた。小説と評論の差はあるけれども、双方に共通するのはやはり「時局」の進展（いや、悪化）に伴う筆の遣《や》り場だろう。

『得能五郎の生活と意見』では五郎が前面的に出てきて物語るのに反して、『得能物語』では五郎が遠景にしりぞき、秋山雪夫や桜谷多助（の日記や作品の断片）に語らせている点に、微妙な作者の立ち位置の変化をみる。『得能物語』では五郎の視点を優先させることを時局に鑑みてあえて避けたのか。あるいは自分（伊藤整）を引っ込めたほうが戦略的に（整の場合は特に文壇的に）都合がよかったのか。卑見では、同類と思われがちな二作品の差異を作者がきちんとつけたかったのだろう。作品として生き生きしているのは五郎の生活奮闘記である前者であるのは言うまでもない。こちらを「動」とすれば、『得能物語』は「静」であろう。なにせ、五郎が出てきても苦労話（蟻の一件、食事の用意等）で、読み手としてもたいへんだと同情を余儀なくされる。とりわけ、食事の話は得能の時代と現代では雲泥の差があって、夫婦間の意識も変化しているが、蟻退治の話題は、相手が虫で、現在でも毒性の強いヒアリの問題が世間を騒がせている、即ち、自然が相手だから人知を超えている。二作品は津波や地震などの自然災害は描いていないが、それに該当するのが戦争（支那事変、太平洋戦争〔得能は大東亜戦争と呼んでいる〕）がさながら自然界の猛威に比肩されて人災として描いている。それは新聞記事やラジオのニュースでも間接的にわかる。この一例をみてもこの二篇が得能五郎を介して時局を読者に知らせるための作品だ、と位置づけられる。まだ社会構造への言及はないが、こうした社会性を豊かに含んだ作品である。得能五郎の生きる場としての生活圏をむらなく描こうとした意欲作、そして体制側への、特定の主義主張を弄せず実践的生活態度を押し出して訴えることによって、一種の抵抗文学ともなっている。

これら戦時下の二作品の内容と現在の政治の腐敗ぶりを比較するとすれば、それは社会人伊藤整が真摯に生活をみつめ律儀に生き、批判的な小説を描いた作家であったのにたいして、現今の乱脈な政府与党や、「〜と思ってございます」という奇妙な日本語で予算委員会で答弁する最高学府を卒《で》た官僚たちの不実な態度が思い浮かぶ（きちんとした日本語では「〜と思います」でよい）。こうした戦時下と現在の世は、黒白の区別のつきにくい時代なのではなかったか、今もそうなのではないか。受容には「快」と「苦」の二種類があるが、そのいずれをもひとは、そのひとの置かれた境遇で体験させられ、するはずである。「得能もの」二作品はそうした時代の混迷を描き切った快作だと思う。

評論の方は、私小説に拘泥する整の生の声が聞こえてくる。（1）「私小説について」と（2）の「憂国の心と小説」とでは微妙な温度差があって、そこに整の受苦受難や、社会とわが身との齟齬をみてもよいかもしれない。そのなかで「どう書くか」でなく「何を書くか」にこだわって、整の思考は「得能もの」に向かったのだろう。整自身が、外面的操作の新心理主義文学を主唱しながらも、その成果である諸作品の内実がみな男女間の三角関係に終始していて、外見の新味さに比べて中身が形骸化していたのは否めない。整はこの己の作品の内容が整の思春期を写し取ったものであって、そこから逃れられない、と認識したときはじめて、私小説という手法に向き合い、考え出した「感動の再建」の「感動」も無感動という感動からの再建と進んで明快さに欠く自己の立場の表明となっている。整自身歯がゆかっただろう。

極論すれば整の評論はたとえその視座に変遷があったにせよ「私批評」であり、戦後の『小説の方法』ではじめて熟成度の高いものとして止揚される。

伊藤整の私小説論は、戦前下の著作で考えると、「私」の探究ではなくて、どうして作品の主人公に「私」を据えざるを得ないか、という課題に終結している。なぜ「私」を持ち出さなくては作品を書けないのかという創作上の根源的問いかけを、創作でも評論でも、変奏曲風に書き綴っている。それはそれで面白い。なぜなら戦後の私小説論へと発展する礎として整が身を賭して思量を重ねて行く過程がうかがえるからだ。

第Ⅱ部　敗戦後の二篇

はじめに

新潮社版・『伊藤整全集』第五巻に『鳴海仙吉』は収められている。瀬沼茂樹の編集後記によると本作は、「昭和二十一年十月から昭和二十三年九月にかけて、満二ヶ年間にわたり、諸雑誌に独立に発表された作品群から成立している」とある。一篇の長編小説としてまとめられて出版されたのは、昭和二十五年三月十五日、細川書店からだ。全十六章で『得能五郎の生活と意見』より章の数は多い。そして表題に評論めいたものを散見する。「出家遁走の志」、「シェイクスピア談」、「知識階級論」、「小説の未来」、「芸術の運命」といった具合で都合五本もある。手ごわい気がする。評論を評論するにはどうしたらよいのか、という素朴な疑問がわいてくる。さらに「本篇」のあとに二章からなる「拾遺」がついていることを記しておく。

『伊藤整氏の生活と意見』（新潮社版・『伊藤整全集』第二十一巻所収）は、かの有名な猥褻文書事件『チャタレイ夫人の恋人』の公判記録である『裁判』（新潮社版・『伊藤整全集』第十二巻所収）とほぼ並行して書き進められた戯作的作品だ。第十二巻の「月報」で平野謙が「一般的に言って、あまりにもアクチャルな渦のなかで書かれた作品は、時の経過によって、周囲もアクチャルな雰囲気が消滅すると、逆に当時溌らつとみえた作品の生気を失うという微妙な事情がある」ものだ、と記している。『伊藤整氏の生活と意見』が背負わなくてはならない運命を述べていて妙がある。作家としては高橋和己や井上光晴がその部類に入るだろう。とりわけ高橋和己の場合はその人気と読者層が死後、掌を返したように去っていった。

脇道にそれるが、批評と評論の差異を述べておこう。「批判」の韻文的表現が「批評」で、散文的顕現が「評論」としておくとわかりやすい。整は詩作から出発した人物だから批評家としてみたほうが彼は歓ぶだろう。

1.『鳴海仙吉』

経済と性

第一章は「鳴海仙吉の朝（ちなみに、「鳴海」は整の母の旧姓）というタイトルだ。仙吉家族（妻・桃子、中学三年生の梅太郎、弟で中一の竹二郎、それに仙吉の、計四人）は去年の春から北海道に疎開していている。戦争に敗れたのち、空爆の被害を免れた東京の家に三人がもどっていったが、仙吉は北海道に留まった。仙吉には大学での教員生活があるからだ。

本章は仙吉自身の詩作への空しい挑戦、仙吉の戦中（マルクスシズムに傾倒しなかったので、「投獄と中世の宗教裁判のような転向宣言の強要は免れた」）、それに四十歳になった自分の顔についての考察（「一種の精神疲労感を持った」顔。もう二十歳の青年ではない、二人の息子の父親で「札幌農業大学の講師、それに地主」）。農耕地の解放という難題。

問題山積だが、もっとも注目すべき点は、マルクス主義では経済的矩《かね》を離れて芸術の存在など考えられない、という点だ。

一方、仙吉はこれに異を唱える。『得能五郎の生活と意見』でも出てきたが「性」の問題のほうを重視する。谷崎潤一郎の文学を高く評価し、無思想の作家から正統な位置づけをやってのけた整、またロレンスの『チャタレイ夫人の恋人』の翻訳にたいする裁判を果敢に生き抜いた整ならではの真骨頂が綴られる。

人間が性によって肉体の一番痛烈な享楽をして自らをそれを恥ずべき、隠蔽すべき、罪悪的なことだと認識し、しかもその行為のみに、もっとも神聖な愛情の現われとされる親子や夫婦の関係が、いな人類の存在そのものが依存している間は、人間の問題は解決されない。……そしてこの人間存在の根本的矛盾を歎き訴える何等かの形式が声や文学や色彩などによる芸術一般の目標にちがいない。

仙吉は第Ⅰ部と同じようにこう信じている。「性」は二律背反的《アンチノミー》の位置にある。整の文学的立脚点がみえてすがすがしい。普通、こうまでは書けないものだ。整はこれを小説の上で実践していく。

さらにこの章で重要だと思えるのは、仙吉がみずからの文学的出自を吐露する頁だろう。「瞑想的なイェエツ」（アイルランド出身）、「傷ついた小鳥の歌のようなヴェルエヌ」、「もっと古いラマルティヌス」、「上田敏と島崎藤村と北原白秋を愛読した」とある。これに整が翻訳した『ユリシーズ』の作者であるジョイス（アイルランド出身）、日本では萩原朔太郎を加えてもよいだろう。

いま意図的に、イェエツとジョイスに「アイルランド出身」と括弧書きをしたが、これにはわけがある。この二名の生地のアイルランドは、グレイトブリテン島を「内地（本州）」とすると、日本では「北海道」に該当する。第Ⅰ部でも記したが、得能は北海道を「植民地」と呼んでいる箇所がいくつかあるが、こう語る得能の意識が鮮明に浮かび上がってきて興味深い。北海道出身や関与した作家たち――例えば、国木田独歩、有島武郎、安倍公房、井上靖、島木健作、小林多喜二、八木義徳、船山馨、和田芳恵などは措いて、整や亀井勝一郎は、晩年、「この日本」に関わる書籍を刊行して死去している。繰り返しになるが、整は『日本文壇史』、勝一郎の場合は『日本精神史研究』を挙げておこう。日本回帰を成し遂げようとみてもよいのではないか。

安倍公房も井上靖も北海道という植民地性を背負って、満洲や西域を舞台とした作品を書き遺している。有島武郎や島木健作の作品にはストイックなプロテスタンティズムが見受けられる。八木義徳と和田芳恵は歳を重ねるにつれ、秀作をものしている。小林多喜二は言うまでもない。正義感あふれるプロレタリアート作家だった。

詩人について少々触れたが、本章の冒頭部分は仙吉自身の詩（「林で書いた詩」）の引用で始まっていて、その詩の素材となった茂木家の姉妹（マリ子とユリ子）との過日の話を仙吉が語る。韻文自体も抒情的（奥野健男は「オレンジ色」ふうといつも整の詩を評する）で、その姉妹との恋愛感情も詩的散文だ。仙吉の感情移入が見て取れる。姉のマリ子との疑似恋愛体験を経験したあとに訪れるマリ子の結婚。その姉よりもこころ惹かれていたユリ子への慕情と、戦地で夫を亡くした三十過ぎの未亡人としてのユリ子。

このように感傷的な描写をする仙吉だが、仙吉（整）にとって「詩」の存在は何だったのだろうか？　これは整の死後刊行された『太平洋戦争日記』の昭和十七年一月二十一日の記述に明らかだ。

……内輪にして、細心にして、自分の生きて来たあとをたどり、「雪明りの路」一冊に盛られた世界を文学《ママ》にうつしておいて、いつ死んでもいいようにすることだけを考えようと思う。

このひそやかな決意には確固たる信念がうかがえる。彼は詩人たることを基調として生きてきた作家なのだ。これは仙吉の心情にも映し出される。

食と文化

第二章は「出家遁走の志」と題して仙吉の真骨頂を表わした戯作評論だ。戯作とは自虐と風刺の絡み合った作品のことで、本章を読むとそれが手に取るようにわかる。しかしこの傑作評論に通底するのは「食」と「文化（人）・知識人」との内的葛藤だ。たとえどんなに立派なことを口に出しても、食うものを食べていなければ、高邁な意見も述べられない。

紳士であって知識階級人である仙吉は生きんがためどうすればよいかと悩み、二つのタイプを捻出する。「乞食形式」と「泥棒形式」だ。仙吉はもちろん「乞食形式」を選択するが、こう述べて自己卑下している。

……当代日本の精神文化の使徒である自分が、この文芸評論家鳴海仙吉の存在理由にまったく理解のないこういう人々に向って、乞食の形式で生きる糧を請求することに限りない屈辱を感じたのである。

「こういう人々」とはいうまでもなく農業を営むひとたちを指す。仙吉は農民を見下しているわけではない。知識人然として農作業の重要性への配慮を欠いている自分、農家の玄関先で食糧を乞わざる得ない自分を嘲笑しているのだ。

仙吉は、良寛（和歌）、鴨長明（「方丈記」）、吉田兼好（「徒然草」）、松尾芭蕉（「奥の細道」の一部）を順次引用し、自分でも特に「方丈記」に似せた文体で衣食事情と焼夷弾を受けた街の有様と出家を理想とする出家遁走の文章を作成している。その内容や文体、いずれも自虐的で風刺が効いている。「方丈記」の作者も仙吉と同じく物書きだが、封建時代に生を受けたがゆえに、理想的生活を全うした。

さらにイタリアの詩聖ダンテの、政治的失策による北イタリア放浪、その間での『神の喜劇』（『神聖喜劇』、『神曲』――これは森鷗外がアンデルセン著『即興詩人』の翻訳で用いた邦訳名）の、地獄、煉獄、天国めぐりに言及する。そのなかで「地獄篇」を評価し、「天国篇」を、「神様からの光の配給を受けて生活している聖徒聖女の様相に到っては、興味さくばく読過に耐えないのである」

として難癖をつけているが、引用したわけは文中の「配給」という言葉の面白さゆえだ。時代背景が鮮明に出ている。普通なら「光を賜って」くらいだろう。そして仙吉の筆は、聖オオガスチン（アウグスティヌス）のようなすべてのことに疑念を覚える人物が、性器官によって自己の存在が決まるという事実を想定できなかったことにたいして残念だとしている。性器官ではその種の男女の組み合わせを挙げている（そのなかで最も枚数を割いているのは、アベラーズとエロイーズの恋情である）。

それでも人類は天国を求め、天国の幸福が奈辺にあるか、わからずに苦悩する。そしてこれこそが、最上に理想的な天国にたいするもっとも権威ある構想であると認めれば、「社会進化は次第に人類を文化的にするが故に人間は文化人なる特色において次第に幸福を失うという私の悲哀哲学の結論に反対するほどの勇気を何人といえども持ちえないのは明らかである」と。

仙吉の脳裡には「文化の発展＝文化（幸福）の喪失」という逆説的な図が成立している。「悲哀哲学」をこうも言い換えている。「理想的社会が完成されて行くほど次第に知識人階級人は一層不幸になるという思想」だと。この文章で想起されるのは整の「中世への郷愁」（新潮社版・第十六巻所収）という卓越したエッセイだ。近代を体験してこなかったわれわれ日本人にはこれから中世が始まる、という趣旨の、戯作的エッセイだが、読み応えは充分ある。

「悲哀哲学」の奥には食糧取得の労苦がひそんでいる。食糧に公正な分配があるとするならば、それが無理な現時点では痩せ細って死去するのが正義の道と思えるから、仙吉はずいぶん早くから「濁世厭離出家遁走」の志を抱いてきたという。実例として、闇市での食量を法的立場から食するのを拒否して餓死した法曹界の実在の人物を挙げている。また、文化的に成熟したようにみえる二十一世紀の日本で、赤子への虐待や青少年の自殺があとをたたないことが挙げられよう。

こうした点に鑑みれば仙吉の指摘は的を射ている。

これは仄聞だが、鴨長明も吉田兼好も経済的基盤を（荘園などの形で）所有していて、悠々自適の「出家遁走生活」だったらしい。イタリアのフィレンツェ・ルネサンスも「イタリアの平和」という四十年間（一四五四―九四年）がなければ、たとえメディチ家の豊かな財力があっても花を咲かせることは出来なかっただろう。文化が起こるには「衣食足りて礼節を知る」程度の経済的支えが必要なのだ。

整はそれを「悲哀哲学」の一環としてみているが、これは自己の戯画化の何物でもない。

「志」

第三章は「シェイクスピア談」と命名されている。シェイクスピアの戯曲を読んでいなければ理解不能かと言えばそうでもない。

舞台は札幌農業大学の教員室だ。鳴海仙吉はじめ、佐伯講師、花村教授、粕谷教授、塩見教授、山口教授といった英文学の古典に詳しい教員がいる。そのなかで、現代の作品の紹介として東京で売文業を営んでいる仙吉はみずからの位置づけに戸惑い、「自分が何のために何をしているかも分からずに、生きている一刻一刻を送るなんて、これは怖ろしいことだ」と思う。でもすぐに、「明るくやればいいんだ。生命はそんなに切り刻まれて存在するものじゃない」と開き直るか、思い直すかする。

エセックス伯、エリザベス一世、サー・ジョン・フォルスタフ、などの人物紹介。それに『ヘンリー四世』、『ハムレット』、『リチャード三世』などの作品が教員たちの話題になる。先述した教員たちがそれぞれ、シェイクスピアとその作品について意見を述べていくのだが、ここはすべて仙吉がその場の人物それぞれに託した、仙吉のシェイクスピア論の展開であって、これらの綜合が仙吉のシェイクスピア作品論となる。

そこで本章の掉尾で仙吉はジェイムズ・ジョイスの『ユリシーズ』を持ち出してきてジョイスのシェイクスピア論へと話柄を誘導する。粕谷教授の声を借りてこう述べる。――別居していたシェイクスピアの、誤って結婚した八つ年上の妻アンがその地ストットフォドにて、夫の末弟と密通していたこと。シェイクスピア自身が裏切られた亭主であり、『ハムレット』のなかのハムレットは、シェイクスピアの亡くした子のハムネットで、王妃ガアトルウドはアンで、クロディアスは……で、と、『ハムレット』がシェイクスピアの私小説だという。「つまりシェイクスピアの家庭にあった事実（兄弟の間での裏切り、姦通、財産横領）から発している」と解釈している。仙吉による、ジョイスの口を借りた私小説的戯曲論である（それは『から騒ぎ』、『お気に召すまま』、『テンペスト』も同様だ）。すると花村教授が粕谷教授に、その説はシェイクスピアと末弟の年齢的見地から無理があると言い返し、「小説家なんてものは、全く何から何を造り出すか、油断がなりませんねぇ」と結論する。ここが第三章の眼目だろう。仙吉の小説やさらに戯曲にいたるまでの視点は「私（の体験）」を重視し、完成した作品には必ずその経験が反映する、という確固たる作品観だ。ここまで言っていいのかどうかわからないが、ここに根は私小説の書き手である整の姿がみる思いがする。その分仙吉は自己韜晦して仙吉に語らしめている。その手立てが本章のシェイクスピアの作品論と考える。

第四章の「仙吉と学生」は、学生相手の文学談義が中心で、それゆえに教える立場である仙吉は下手なことは言えずに自己解剖しながらの対応となる。心情や志、それに文学的立場やこれまでの自分の文学との関わり方を、戸惑いながら吐露するハメになる。その過程で「自分とは何か」という問いがとうぜん頭を悩ますことになる。

冒頭での札幌農業大学のキャンパスの行き届いた描写は『若い詩人の肖像』の冒頭の、整の通う小樽の学校の描写を想わせ、抒情的で郷愁にあふれている。そしてここでまた仙吉の同僚たちが修辞つきで登場する。なぜかというと、そのお歴々を後にして学舎からやっと出てこられた解放感に仙吉は浸っていたからだ。「篤学達識の花村教授」、「雄弁豪放な佐伯講師」、「温厚たまのごとき塩見教授」、「青春気鋭の粕谷教授」、「俊敏辛辣なる山口教授」などである。これらの見識豊かなひとたちと仙吉は種々の文化・文学論を戦わせてやっと校舎を向け出ることが出来た。

その余韻を引きずりながら仙吉は自己確認を急ぐ。自分には固定の表情がないこと（場所と相手によってそれぞれべつの顔つきになる）。自分はもともと詩人であって、いまは現役の文芸評論家であること。自己の存在といったら「どこまで剝いても中身のないらっきょうの皮のようなものだ」ということ。「最後に残るの」が、「あらゆる衝動に罪と汚れだけを見ている文学のために裸にされた」自分の「いやらしい意識だけだ」ということ。さらに自分が実在しない幽霊のような存在みたいであること。これらの自虐的で否定的な自己規定は自己韜晦にほかならない。しかし仙吉の本音かもしれない。

このあと学生（徳光清）から、先生、と呼びかけられる。徳光は自作を仙吉に読んでもらって所見を乞いたい学生として設定されている。そうした種類の学生相手の会話はおのずと文学とは、創作とは何か、という論議になっていくのが目にみえている。

仙吉はなんとか無難に乗り切ろうといろいろ算段して、「文学とは人に教えられるものでもなく、習うことのできるものでもない」と最大公約数的な応答をする。そして自分の真実の姿が詩人であることにこだわっている仙吉は、自分のような志を達成できなかった文学者から小説の技術的指導を受けることは危険だと説く。また文学とは何かという徳光の問いに、仙吉は人間とは何かと問うのと同じだと回答する。こうした青年が疑問に思う本質的な問答が続いて、仙吉はわが歩みを振り返ることになる。この頁は総括的な仙吉の過去の記録でもあるので、端的に紹介したい。

「情緒と感覚との中間で盲目のように」詩を書いていた二十歳前後の自分→第一次世界大戦後の共産主義の勃興期に、「英仏の混乱した個人主義的な文芸思潮を紹介する売文家の自分」→以上の二色の自分を正当化するために「文芸が経済理論」に支配はされ得ないという「没理論的に抵抗する評論を書いている文芸評論家の自分」→第二次大戦の渦中で時局（愛国主義）に妥協するでもしないでもない立ち位置で「あたりをうかが」いながら文芸評論を書いていた自分→戦後、もとから自分が米欧文学の祖述者であって、戦時下で最右翼の文学者から敵対視されていたほどの自由主義的民主主義者であるが、それをことさら「宣伝する気はないと匂わせる程度にしかそれに触れない良心的な自分」、それが現在の仙吉の自己規定なのだ。

ここまでで仙吉の年齢は四十歳としている。仙吉の文学的自叙伝の披瀝には頷けるものがある。整もそうだからだ。徳光の質問にたくみに仙吉に応えさせることで、自己の文学観を語っていく。それゆえ質問は本質的なものばかりだ。

仙吉は徳光に応えんがために自己撞着にも陥っていく。文学の存在論的規定と生命論的規定の二極に、である。前者は文化や芸術のまえに生物として人間が存在している点を指す。後者は文学をはじめとして絵画や音楽などが生命的把握だとする見解で、鑑賞する側にそれが欠如していたときにきまって生きている実感を会得できるとも述べている。

仙吉はこうした高度な思量をするまえに自分にとっての根本問題とは何かに行き当たる。それは四十歳の自分から二十五歳の自分を振り返ったとき、自身の在り方が「滑稽」という点で、その痛切さが自己の文学的命題だと甘受する。二十五歳の自分はきちんとしていたがその後の「抑圧」的な、「迂廻」した、「下手」な扱いで、「詩人としてかけがえのない自己を貫く機会を失った」。重い言葉だ。仙吉はあくまで自分を詩人としてみている。

最後に仙吉は徳光にこう告げる。

……文学が自我の拡充という意味だけで、誰でもやっていい仕事かどうかは問題だ。文学として吐露するだけのものが自分の中に何かがあるかどうかは、自分で分かるし、自分でなければ分からないことだと僕は思っている。……

福音のような文言に思える。作家としての決意とも取れる。

「知」

『鳴海仙吉』の各章は『得能』もの二作よりも短い。一章が長くても五十枚に足りていないかもしれない。それゆえ読みやすく読後の印象は鮮明だ。

第五章は「仙吉街を行く」で、当時二十万の人口を有した札幌市の主に中心街と郊外の一歩手前を仙吉は散策する。仙吉の脳裡に翻ってくる苦《にが》みを帯びた種々の想いに鑑みるに、それらは散歩や散策の類ではない。全体として自虐的で負の領域の告白的歩みだ。

仙吉にはいくつかの顔がある。落谷村への疎開者で、狭い土地の地主としての顔(それなのに耕作は老いた母に任せっぱなしで、村人に顔向けが出来ない)。だが、自分が札幌農業大学の英語の非常勤講師であること(教員としての顔や態度ももちろんある)で、何とかメンツを保っていること。さらに東京にいたときには本を書いていたことを知っている村人の表情もある。母を漁業会に勤務する実弟に預けてろくに送金もしていない鳴海家の長男で、そういうふうにみられていること。

だから仙吉は人口の多い札幌市のなかに紛れ込んで孤独になることを歓んでいる。自分自身に還った気がする。雑踏にまぎれることが生きることの第一義だとするなら、それは「自分からの逃避・遁走」であって、第二章で「出家と運走の志」を書いた仙吉らしく、本章でも「現実逃避癖」があると述べている。

仙吉は次の引用文程度までにしか自虐的に存在を認識できないのだろうか。いや、自虐的な表現は一種の逆説で、本来は心に確固たる矜持を擁している。しかしその種のものの表出をあえて拒んで、意図的に己を貶め、読み手を煙に巻いている。なぜなら、プライドのない人物が自己卑下的な内容の文章など書けるはずがないからだ。

……魂を抜かれたようにぽかんとして、自分を知らない、こせこせした、命をやすらい、見栄坊な、小さく固まって、納まりかえった典型的な日本人の顔であった。それをぶら下げて自分が歩いているのだということを、切実に鳴海仙吉は意識したのであった。

第六章「仙吉とユリ子」は、第一章「鳴海仙吉の朝」で触れた茂木マリコ、ユリコ姉妹のうちの妹で未亡人となったユリ子と仙吉の話だ。仙吉が毎晩見直しているという青春期の詩にも出てくるユリ子。この章は「恋愛感情」を扱っているためか読み応えがあり、仙吉の筆も冴えている。描写の特色としては決して観念には走らず日常世界を絡めている。その巧みさには舌を巻く。

農業大学の授業を終えて札幌市街を歩いている仙吉をわりと遠くからみつめる婦人がいる。それがユリ子だと気がつくまでの時間を仙吉は故意に延ばしている。大学ではみられる立場なのでいろいろ工夫している仙吉だが、みる方に回るのは苦手で細心の注意を払って目立たない歩き方をしている。それをユリ子は見抜いて近づいてくる。

ここで仙吉はいろいろなことを想い浮かべる。その最も良い例が――「幾度もこれまで反省して腹立たしく思ったその状態」、「一番心の底にひたし隠しにしている思い」――つまり、性欲だ。名立たる文芸評論家である仙吉だが、評論家たる自分が女性の前ではその全知識や知見が消え去り、またか、と衝動に突き動かさられる。

仙吉はユリ子を植物園に誘い、木陰に座って話をする。当たり障りのない話題でも、仙吉の内面は幾重にも波立つ。かつての恋人であるマリ子の妹がユリ子だが、姉が嫁いで行ったのちはユリ子に惹かれた事実を、その際の心情を丹念に描写する。蒼白なユリ子に精神的な深みを見出す。「恋も夢の終わりのように悲しく、失ってあきらめるはかなさも悲しく……」と仙吉は述懐するが、こうした感傷的な想いと紙一重で隔たっている、なまなましい肉体の接触への憧れを棄て切れない。それは仙吉の職業柄か「文学的な物の見方」であって、文学者や文学書を相手のときにだけ有効だ。

仙吉はユリ子とのことを小説に仕立てたいという気持ちになるが、どうしても私小説になってしまう。文芸評論家として私小説は本格小説にあらずと寄稿したばかりの仙吉には自説を曲げることは出来ない。それで「巧妙な逆説的な私小説論」を書けば許されるだろうと考える。でもそうした作法が「技巧的な意識的な逆説を弄ぶようなものになり」かねないと反省する。

ユリ子をみつめる仙吉の目線は、文芸評論家の目と一般の男からの視線との二つだが、仙吉は前者に重点を置いている。したがってユリ子のなかに「自分の文学的宿命を」みている。詩人としての活動期間に限界を感じて失敗者とみなし、疎開で故郷に帰省するや、「自分の批評対象の鋳型のような近代文学的な」ユリ子に出逢う。彼女は真摯でいまにも毀れそうな性格を仙吉にみせる。こうしたユリ子に接近しないのは世間人としての打算を棄て切れない自分がいるからだ。そしてこのような自分を卑下することがいかにも文学的「自慰」だと仙吉は結論する。

仙吉は幾重にもわたって自己保全をやってのけ、文芸評論家としての自分を自分で擁護する。ここには自分の立ち位置や居場所をつねに安堵の閾《いき》に持っていこうとする、巧妙に文壇で生き残ろうとする細心な心遣いをする仙吉（整）の姿が彷彿とする。

第七章は「知識階級論」で「知識人論」とは違うことが重要だが、むろん重なる面もある。「階級」を入れたのは都市に生きるひとたちばかりでなく第一次産業（農業や漁業など）に携わるひとたちもその範囲に入るからだ。その意味でなかなか興味深い章になっているものの、筆致は後半部へと進むにしたがって、あえて言えば「茶化した」、「皮肉った」、「斜に構えた」文面に変化して行く。仙吉の狙いが最後に紹介する知識階級にあることだとわかる。

仙吉（整）特有の「分類」がこの章でも冴えをみせる。

第一に、毎日の記事を書いている新聞記者を挙げてその読者層も知識人だという。彼らは各産業や業界についてそれぞれ専門家になっていて、文化国家維持の基盤をなしている。これこそが「知識階級人の第一基礎」だ。新聞的知識人の大量なる発生である。記者の立場は自由主義でも共産主義でもよい。読者もそれによって変わって行くはずだ。

第二に、日本人の青年が世界のあらゆる文豪の作品を読んでいることで、さる西洋人が驚いたのを知って仙吉も自分もそうだと思いつつも、そうした驚異を示す西洋人が真の知識人かね、と反駁して、そこで問題を終了させてしまうのも「日本文化人の一つの型」だと述べている。即ち、「知識人階級人など」は存在しないという提起だ。

第三に、「知識階級人」の最大の特徴が「自己を疑わないこと」を掲げる。その例を二、三述べているが、きわめつけは政治、社会問題までに言及した確固たる知識階級人の予想であろう——

「我々日本の知識階級人は、この戦争（十五年戦争）が恥じ多き敗戦に終るであろうことには、一点の疑問も持っていなかった」——仙吉は「あの帝国主義的侵略戦争の実体と成り行き」に関しても明白なる否定的見解論者だが、ほんとうなのだろうか？　仙吉は運よく徴用にとられなかったが、整の『太平洋戦争日記』を読むと、多くの作家仲間が徴用のため戦地に送られているのを淡々と書いているだけで、当局を直接批判していない。むしろ自分もそろそろ、という覚悟を固めつつある。

これが日本の知識人の最たる特色だという。つまり、懐疑的にはならない、という点だ。さらに、責任の所在を曖昧にしてしまうのも特徴のひとつだとする。自己肯定（保身）的な知識階級人像が浮かんでくる。かつて学生運動華やかしき頃、「自己否定」という文言が流布したが、これはかなり難しい内容だ。自己をほんとうに否定するのなら、命を絶つしかない。だがどうやら真意は自己に付随している「特権」を否定する、との意味であるらしい。これなら文学史上の出来事で類例がある。有島武郎の農場解放がその一例だ。武郎は亡父から譲り受けた私有財産（特権）を、その主義主張に則して小作人に分かち与えた。これが自己否定かどうかはわからないが、あえて、の話だ。

そして「ある特定の個人の立場を表現する四字の普通名詞」として、その四字を音声化する際の挙措を描いている。もちろん「天皇陛下」。いまでも戦前の軍隊（特に陸軍）に焦点を合わせたテレビ番組や映画をみるとはっきりする。

次に仙吉は「算木強（三木清）」や「東田雪太郎（西田幾多郎）」の著作を例に、とりわけ獄死した前者の、戦後での著書の爆発的な売れ行きを紹介して、この難解な著書を大多数の日本人が理解している謎に、「疑似知識人」である自分（仙吉）を対比させて、掉尾の論への導入としている。端的にまとめると、日本の知識階級人は、知らないことはなにひとつない（なんでも知っている）と公言できる人種だ――「知識階級とは知らないことを喋る階級のことである」。仙吉は門外漢の分野の話を聞いて、「私も全くお説に同感です」と応えてから、それと全く逆の話を可能な限り長く述べればその場を保てるという。そして日本の真の知識階級人は、有言実行であってはならず、あくまで自分の見解を実行せずに宣伝して行くことに努めるべきだと結論している。

第八章は「不安」という表題だ。仙吉の場合、この二文字に該当する内実はたくさんあるだろうが、ここではもっぱら前章で触れたユリ子の姉のマリ子と仙吉自身との間に仙吉みずからが感ずる「不安」を指している。この姉妹は姉マリ子のほうが現実路線派で、妹ユリ子は夢うつつの感ありの女性として仙吉は受け止めている。男女間の微妙な描写を多くしているが、みなきわめて具体的、日常的で、感情の移ろいをこと細かに表現している。

そしてマリ子の経営する狸小路《たぬきこうじ》の店に彼女を訪ねてよいものかどうか逡巡する場面を描いていくのだが、その折にこの「鳴海仙吉」という作品に通底する仙吉の筆致をいみじくも仙吉が書き著わしている――「……思いついたことを次から次へと、逆説的な、風刺的な嘲笑的な、言い方で書いた」。さらに本章の掉尾では「逆説と韜晦と嘲弄」を以て書いてよかったのか、と反省じみたことも述べている。

この吐露は貴重だ。本作が戯作品とも呼ばれる要因を仙吉みずからが告白している。だが、こうしたことを書いて、なお読者を煙に巻いているかもしれない。

さて、マリ子との再会を果たす前に仙吉は、知識人として自分の置かれた立ち位置を解明している。支那事変が勃発した頃から、左翼的な政治理論と芸術を結びつける思想を抱いていた芸術家たちがおおかた転向した。仙吉はそうした思想の持ち主でなく、芸術と政治を分けて考える立場にいたのだが、しだいに居心地が悪くなってきたと実感し始める。政治的に主戦派の者たちから、政治に無関心な作家や画家などの芸術家が「目の仇」にされる傾向になって行く。そしてある雑誌の会で芸術至上主義を間違いだと決議しようとしたとき、「詩人出の小説家諸羽再生（室生犀星）」が席を立って帰ってしまう。芸術が性悪説だと喧伝していた作家たちがその見解を翻したので、再生は退室するわけだが、仙吉も同じ考えを持ち、再生のいうとおりだと「叫び出しそうになった」。仙吉は再生と同じく「芸術は悪を包含することなしには成立しない」と考えている。つまり、文学でいちばんに顕著なのが、芸術には〈毒〉がある、ということだ。

ここでちょっと寄り道をして、仙吉が描く女性像と最晩年の傑作『変容』のそれとを比較してみたい。

まず、『鳴海仙吉』から、

女は、ああいう顔と肉体を持って、そしてつまり、柔い粘膜の開いた肉体を持って居るから、だから愛などという曖昧な考えかたが起きて来て、そこまで来ると問題の終末に来たような錯覚が起こるのではないかしら。……その（女の愛の）本体は貪欲な必死の執念で、そして……やさしい愛撫だとか、白い腹や股だとか、それから決定的には自分の秘密の内の粘膜の裂け目の陶酔の予感とそれへの恥らいなどに蔽われまぎらされて居るだけのものなのではないか。

これが『変容』になると――。

愛というのは、執着という醜いものにつけた仮の、美しい嘘の呼び名かと、私はよく思います。……生きることの意味をさぐり味わっている人間は、その性においてもその反響を全人間的に受けとっている。生きる意味の把握があるところだけ性の感動の把握もあるのではないか……。

どうであろう？　仙吉の方が肉感的でなまなましい（粘膜、裂け目、といった露骨な表現に負っている）。他方、『変容』では、多少とも倫理的で、人生や男と女を充分に見知った作者の「愛や性」

の「哲学」が悠然と語られている。歳月の経過、作家の成熟をしみじみと感じる。

しかし見方を変えると、仙吉の方が「描写」で、『変容』の方は内容が凝縮されていて、解説的である。この部分は会話の箇所なのだが、こうしたきわめて抽象的な事例を声にして話せるかどうか、はなはだ疑問だ。小説のなかの会話部分だから成立するのであってそれ以外では無理だろう。小説は描写を主としたもので、解説や説明であってはならない。

この点、渡辺淳一の『遠き落日』という野口英世の生涯を活写した作品でも、のっけから説明調だ。氏の文体は軽快でけれん味がないのが特色だが、この作品は、思い入れが強すぎたのか、評伝めいたもののせいなのか、小説としてはいまひとつに思える。司馬遼太郎の晩年の作品もそうで、もう小説家ではなく歴史・文明評論家だ。吉村昭と藤沢周平はそれを逃れて、最後まで描写（物語性）を保った。


仙吉はマリ子の妹のユリ子を描いた第六章でも、ユリ子を想った詩を掲げており、本章でもマリ子を忍んだ詩（「海の捨児」）を挙げている（この詩は塩谷の整の文学碑に刻まれている）。仙吉が詩を書く意味の一端がみえてくる。

さて十八歳のマリ子は仙吉に接吻と抱擁を許したが、それ以上は認めなかった。二十年後のマリ子はそれをはっきりと記憶していて、また同じことをしたら仙吉を嫌いになるから、もうよしてね、と訴える。頷いた仙吉に、マリ子はその両肩に手を置いて両手で抱きしめて、仙吉の襟に顔をうずめる。髪の匂いを仙吉は吸い込む。二十年という歳月を仙吉は実感するとともに、過去の感慨や「肉の感覚」が強烈に昔日への郷愁となって仙吉を襲ってくる。

これでなんとかマリ子との間の個人的な「不安」が霧散する。

最初に述べたように仙吉にはもうひとつ、作家としての立場云々の「社会不安」もある。その不安もマリ子との不安も、「いつもやっと保っている自分の心理の秩序が眼にみえて崩れて行く」その「不安」だという。そうした危うい世界を仙吉は先述の「逆説と韜晦と嘲弄」の筆でわたっている――「一体おれはどうなっていくのだろう、という反省が仙吉の不安に疵のような惨めな陰を落した」。

私小説

第九章は「小説の未来」という重要な章である。いったいどういう内容なのか胸が躍る。仙吉自身の「小説の未来」の話にいたるまでわりと長めの頁を仙吉は「前置き」として割いている。講演会方式を採っており、観衆にやさしい言葉で語りかけている。相手は農民が多いようで、農業を基盤にすえての講演だ。

「前置き」の中心は新しい日本の文化論で、それは科学と芸術で成立している。仙吉はその例として名高い農業従事者である福山佐太郎を挙げて、詩人である仙吉とを比較して、「福山さんは薯を理論的に作って失敗し、私（仙吉）は理論において完全無欠な詩や文章を作って失敗します」というふうに、第一次産業と創作を絡めて語ってゆく。文芸評論家など、農業会の技術指導長のごとしだとも定義している。さらに自己の論考の伏線としてか、本格小説と私小説とが「倫理上対立するのか」と回答を保留にしながらも、あとで論ずる「本格小説」を持ち出してきている手際のよさが光る。そして「日本においては自分が本当に行ったことを書いた小説しかない」と言い切って、あとで私小説への言及あり、とほのめかしている。

さらに著名な評論家「千沼刺戟（瀬沼茂樹）氏」の手紙を朗読して、仙吉が真の民主主義者なりや反動的日和見……」とその内容が仙吉を批判しながらも、『民主文学』という働く者の文学を推進していくことに仙吉が助力を惜しまないなら、仙吉の思想の転向に（千沼が）尽力して文学活動も容易になるだろう——以上が書信の趣旨だ。手紙の内容に促されるかたちで仙吉は働く者の文芸誌『民主文学』への支持を表明する。ここに仙吉は当該誌へ評論を寄稿し得る有力な文人となる。

これを読み上げたのちいよいよ仙吉の「小説の未来」の講演が始まる。用意してきた原稿を読む形式だ。

この演説での重要点は、私小説擁護と本格小説への新たな提案である。

私小説擁護論では、国民の生活が直截に伝わる新聞記事の読者投稿記事にまず目を向けて、社会のあらゆる階層のひとたちがこうした「即生活的私小説の精神」を抱くべきだと説く——「新聞全面を完全に文学化し、かつ同時に民主主義の社会改革に資すること」が適切なのだ。

そして本格小説とは、社会のあらゆる職業、階層のひとたちに、その生活報告である私小説を書かせ、「それを取捨塩梅して一つの作品たらしめる」――これこそ真の本格小説で、「人間の集団の多彩さ複雑さを反映した怖るべき芸術作品となるであろう」。

つまり、私小説の塊、即ち、総体が本格小説というわけだ。

仙吉はあくまで私小説を礎とした上での本格小説容認派だ。ウソの世界を描くべきではない。むろん私小説批判を述べた反語表現である。時代背景がもたらす「社会不安」のなかで仙吉が到達せざるを得なかった創作理念であったのは認めなくてはなるまい。見方を変えれば反語を超えた徹底した私小説擁護論である。この『鳴海仙吉』という作品こそが「私小説の工房」だとみなしてよい。

さて、一九〇五年生まれの整より三歳年長に小林秀雄（一九〇二〔明治三十五〕年）がいる。秀雄にも著名な「私小説論」がある。整と秀雄の私小説論を比較して平野謙は、後者の論点が「社会化した『私』」として、整のそれにはそれが不足していて個人的なものとみなしている。とてもわかりやすい指摘だが、両者とも日本の近代社会の未成熟さを論難していて、そうした封建制の滓が残る近代化の波のなかでの「私小説」に光を当てている点では共通している。社会的成熟がない場に西洋文化を取り入れるハメになった明治日本の、ある意味での不幸で、整の、これまでの仙吉の口を借りて理論化してきた流れもこの思念が根底にある。つまり、われわれは、「愛を輸入した」だけで、「ラヴ *love*」をこの国の土壌で培うことが出来なかった。下ごしらえが不足していた（未成熟だった）市民社会では本当の愛を育成できなかった。

整は英文学を糧にして自己の文学形成をしたが、秀雄は仏文学だった。彼はその「私小説論」で、ジイドと花袋を比較して興味深い文言を書いている――「花袋が『私』を信ずるとは、私生活と私小説を信ずる事であった。ジイドにとって『私』を信ずるとは、私のうちの実験室だけを信じて他は一切信じないと云う事であった」、と。この差異は貴重だ。花袋は、社会全般にあって未成熟だった明治の代での自己の生活（私生活）を執筆したが、「私（の何たるか）」を描き切れなかった。他の私小説作家も同様だった。

他方ジイドの場合の「私」は、ルソー、ゾラという「私」を問い詰めた作品をものした大家たちの伝統を受け継ぐか反駁するかの選択に迫られている立ち位置にあった。つまり、「私」ではなく「私」をどう扱うかを問題視した（秀雄はこれを行なう場を「実験室」と名づけている）。秀雄は「『私』の問題に（ジイドが）憑かれた」とまで言明している。

秀雄も整も、未成熟な（個人主義が完全に確立していない）社会や社会不安というものに目配せをおこたらず、私小説の是非を云々するのだが、整が戯作的作品の形で、秀雄が批評という形式で訴えたかったことは、その形式に相違はあっても究極的に同じに思える。私小説の歴史や未来を考える以前に、「私」の問題を「征服しただろうか」という峻厳な問題提起こそが第一義なのである。整を『鳴海仙吉』執筆へと突き動かした動機も、謎に充ちた「私（個我）」の追求ゆえに違いない。

自虐と韜晦

第十章は「送別会」と題されていて、未亡人で仙吉の幼友達（思いびと？）である藤田ユリ子が落谷村を離れて札幌の姉マリ子の許に転居するために開かれたものだ。仙吉ももちろん参席するが、会の準備の喧噪さを逃れて姿をくらしまし、東京から配達されてきた雑誌のなかの千沼刺戟の文章を読み進めていく。

瀬沼茂樹には『伊藤 整』（冬樹社、一九七一〔昭和四十六〕年）という整の文学を統括的に論じた名著があり、とうぜん『鳴海仙吉』も論の対象に挙がっている。なにせモジリとはいえ、作中でれっきとした評論家として仙吉の在り様を論難する立ち位置に設定されているので、上記の書でも頁をさいて千沼刺戟の所見を読解してゆく仙吉の主張に瀬沼本人が、反駁ではなく所見の形をとって以下のように記している。

もっともわかりやすい所見は以下の箇所だろう。

　手近な私（瀬沼茂樹）をモジって広い意味での社会主義ならば兎に角、「真の民主主義者」を代表させたことは、この点で拙速を免れなかった。むしろ、たとえば「現代文学において、社会も改善しよう、自分自身も変革しようと意志し、それの可能を前提としている中野重治を硬派の代表（本多秋五）として、「軟派の代表」である伊藤整の半身たる仙吉にぶつけていった方がオーソドックスであり、テエマの決定にも役立つところが多かっただろうと惜しまれるが、どうであろう。

こう瀬沼は述べているが、ここでうかがえるのは千沼の仙吉批判が「民主主義」とか「社会改善」といった問題を射程においての難詰であることだ。仙吉が千沼の文章から読み取った指弾箇所は、相互に関連しながらも四点に分類されている。これは仙吉のみならず当時の知識人にも当てはまるに違いない。その代弁者が仙吉とも取れるが、内容・文体とも自虐的だ。

第一点目は、文学が人間の生活とは無縁であることを、欧米との社会的環境を異にする日本で、無理やり逆説的遊戯を以て第一次世界大戦後に起こった西欧の芸術至上主義を、みずからを前衛的存在と位置づけて主張した。つまり芸術と政治は無関係である、と公然と主張した人物こそ仙吉だ、と千沼が位置づけている。このこと自体が仙吉の胸を鋭く突きさしてくる。仙吉にこれが「おきまりの左翼攻勢」、「公式の機械的適用」と映る。この論難の原因を千沼が奈辺においているかを仙吉はみずからに問いかける――「嘲弄的文章か」、「世相を愚弄しながらトウカイしようとした文章」による地獄か、と。

第二点目は、開戦後の「変節」だ。戦時下で仙吉は芸術と政治が無縁ではないと言い始めた。芸術至上主義の立場にいた仙吉が、その理論を「民族＝人間」に置換すること（例えば、「人間の心理」を「国民の精神」という民族主義、愛国主義という言辞に置き換えること）で、芸術と政治を結びつけた点だ。そして日本軍による侵略戦争、軍人独裁政治を擁護した事例だ。もちろんここは、仙吉を組板に上げることで、戦時中の御用作家の批判を千沼の口を借りて整が行なっているのは充分に理解できよう。

第三点目は、仙吉が戦時下のある時期から「傍観者」に陥ってしまったことだ。つまり人間ときわめて関連性の高い文芸作品を「工芸作品＝傍観」としてみなすにいたった、ということである。

第四点目は、第三番目と関係する。傍観者的人物は極論すれば日和見的楽観主義者であって、それ以上に深く関わる行為を滑稽化、戯画化して、戦前、戦中、戦後と、世間や社会が変わるたびにそれに合わせて「餌」をもとめて妄動してきた、というのが仙吉にたいする千沼の指弾だ。これは仙吉自身の自己批判とも受け取れる。

以上の批判を受けた仙吉は、自分の支え（古くからの友人、文学者、教員、己のすべての行為、言葉、表情）を失ってしまったと述懐する。「かく成り果つるは理の当然」なのだ。ここまで千沼に言わしめている整は仙吉自身の戯画化を試みている。苦境に仙吉を追い込んだ果ての仙吉が還る道は「出版されるあてのない詩集をいじって生きること」だ――「詩」は逃げ場なのか。敷衍すると他人に何かを語りたい「個我《エゴ》」自体を話したくなることに落ち着く。

結局、「個我」に言及したかった。そこに及ぶまでに営々と自己批判（ないし、戦前、戦中、戦後の文学者への批判）を綴らなくてはならなかった。ここに伊藤整という作家の苦吟がうかがえて痛ましい気がしないでもない。さらにもう明かす必要もないが、千沼刺戟の仙吉指弾を（整みずからが）行なっていることで、二重にも三重にも装いをこらした章であるが、これほどまでに作為を施す必要性があったのか。作為という所作がそのように整の心底や方法意識に歴然として存在していた。これこそ整の面目躍如たるものと言ってよいであろう。

一方で、こうした自身に矢を向ける書き手の立ち位置に、どことなく哀切と自虐性を感ずる。文体にある種の滑稽味（即ち、相対化）があるので、読み手は救われるが、整の根深い懐疑心が伝わってくる。


第十一章は「芸術の運命」という表題で、「禁題文学」掲載となっている（実在した文芸誌『近代文学』のモジリであることは言うまでもない）。

本章で仙吉が主張する点は、楽観主義者である自分は小説の未来を信じていると暗にみずからの立ち位置を確保した上で、従来の（長明、兼好、芭蕉も含めて）文士（その他、画家、音楽家など）の本意が、自分（の作品）を褒めてもらい名声を得ることにある、と文学者の面の皮をはぐところにある。それは己の「個我」を他人（読者）に「押しつけ、自分への敬慕者群を作り、自分への愛情を他人から盗まずにいられぬ悲しい慾多き物ほしげな卑しい心情が芸術家を作る」として、こうした人種（芸術家）を「愛情乞食」と命名している。

「愛情」に飢えている「愛情乞食」は自己のエゴを永久に人類に刻み込ませるために、「何故書くか」に主眼があって、「何を書くか」にはあまり注力を注いでない。前者に力点を置くのは「愛情」、「評価」、「名声」を心底では希求しているからだ。創作がエゴの切り売りと等値なのだ――「芸術の本体は個我の拡充の訴えの美化されたものではないか」という冒頭の一文が書き手の本音をものの見事に言い当てている。

悲観的論調に思えるひともいるだろうが、出家して類まれな作品を遺した昔日の文人にはきちんとした経済基盤があって、それゆえの出家隠遁だった、とはすでに述べた。そうしたこの世をはかなむ場に立ちながらも、仙吉の論理によると名声や名誉を期待していた、ということになる。出家遁走が出来にくくなった近代では、名誉欲をひた隠しにしながらも評者からの所見に一喜一憂する「愛情乞食」が大多数を占めると仙吉はみなしている。そしてそういった文学者には真の才能などなくエゴの露出だけであり（即ち、贋者）、真正の才能の持ち主は「職人」であると言い切っている。つまり、「頭脳」でなく「手技」に秀でた者たちを指している。

このような組み立てで第十一章は成り立っていて、仙吉（整）の独断場の感がある。この「個我」への言及は名著（評論）『小説の方法』でもっと詳細に整は論じるにいたる。

ここで断っておきたいのは「エゴ」というテーマが整だけのものではなく、第一次戦後派の代表格である野間宏の「暗い絵」の主題であることもつけ加えておく。

第十二、十三、十四章の副題はみな「仙吉の手記」となっている。おそらくこの三つの章で、これまでの、開き直って自虐的で自己韜晦的筆法は影をひそめてもっと実直なものになっていくのだろう。第十二章は「雪の夜語り」という表題だが、おおかたのひとは整の処女詩集『雪明りの路』を想起するに違いない。そのなかには「冬夜」という詩集も含まれているから、「雪」と「夜」とがタイトルのなかにはいっているので、詩を中心とした、青春の恋愛談(マリ子とユリ子)を連想してしまう。だが本章での詩論では、詩の存在の何たるか、人生にどう関わるか、イメイジを明確化する散文のなかでの詩の怯み、等々を挙げて悲観的だ。事実、仙吉は落合村から電車に乗って札幌のマリ子の酒場へと向かう。そこには手伝いに落合村から引っ越してきたユリ子と不二子親子もいる。

さて本章での鍵となる言葉は「肉」であろう――「私という一つの肉体」、「肉の罐詰」、「肉感的な胸のときめき」、「この眠っている肉体」、「すべての男が……肉体の弱点を持って、その肉体の対象である(女の)暖かい粘膜の沼と長い髪……」、「不合理に作られた(男の)肉体の対象である女の心の満足の道具」等々。「身体」という言葉は一度しか出てこない。

「身」、「身体」、「肉体」の反意語はそれぞれに、「心」、「精神」、「意識」と考える。だとすれば第十二章の根底に「意識」が十二分に働きかけていることがみえてくる。実にその通りで、店を閉めたマリ子と仙吉が向かったのは郊外のラヴホテルだった。しかしこの原始的で単純な役割が仙吉には苦手だ。女と二人きりになれる秘密の場所に連れ込むことに仙吉は得手でない。それでも「雄」として「雌」を誘ってホテルに仙吉とマリ子が入って行く。仙吉が「原始的」と記すのはよくわかる。しかし部屋のなかで仙吉は妹のユリ子のことを想い浮かべて、マリ子との実質的な行為になかなかいたらない。

ここで「肉体」の問題が出てきたので、整の谷崎潤一郎評価について述べておきたい。整の潤一郎評価がなければ谷崎は肉体のみを描く無思想の作家へと貶められることを整が救った、というのが平野謙の主張で、もしそうならば整は光栄だと思うが、実際は違うと「求道者と認識者」のなかで整は主張している。正宗白鳥も言うように潤一郎は、この百年か二百年間に現われた一世を風靡した大作家であり、潤一郎の作品の位置づけを考えるに、「人格なるものが経済や性関係によって支配され、変貌し、人間は情感のためにしばしば滅びを求めるといふこと、その滅びの中に現れる生命感をとらえるということ」を示す作家だ、と整は論ずる。整は谷崎全集の各巻の解説を買って出ているほどに谷崎の存在意義を的確に把握している。

さて、「汚れた聖女」と題された第十三章の最終的主人公はユリ子である。ユリ子登場以前の内容は疎開先の村社会の閉塞性を、幼友達で教養のない農民寛太郎を出すことによって、狭いがゆえに人間関係が複雑な村社会への苛立ちを書いている。

そこへ、仙吉に逢いたくなったと言ってユリ子が訪ねてくる――「いつもなにか自分自身と向い合っているような、内側に向いた心しか……ない」、「生まれつきの純粋さのためにことごとに悩み煩う女性」であるユリ子。その姉のマリ子は仙吉の情人だ。

ユリ子はなぜ仙吉の許にやってきたのか、なかなか話し出さないのだが、ついに姉の酒場の客の元野に押し倒されたと告白する。それにたいして仙吉はひとびとの目の届かない、つまり、人為的約束が行使されない場では、女性はみずからの性を守れないように造られていて、肉体の裂け目である部分の感覚が女性の生活の極点になる、と記している。この単純なことをあからさまに表現できないがゆえに、宗教や倫理や高潔さなんてものをふりまわしているのだ、とも。

そして仙吉自身もユリ子を感覚のみによって知りたいと気持ちが傾いて、小樽まで出てホテルの一室へと消える。仙吉も普通の男と何ら変わりがない。ユリ子は拒まず、接吻を許している。そしてその後のことは次章第十四章「幻燈」で暗示される。

この章も「手記」のかたちを取っていて、さまざまな問題にたいする仙吉の率直な見解がうかがわれる。代表して二点挙げてみたい。一つは仙吉の、作者伊藤整の造語である「逃亡奴隷と仮面紳士」を混ぜ合わせたような内容が記されている。つまり「逃亡紳士」である。「それで私はどうすればいいのか」で始まる文章がそれで、田畑の耕作を母と弟に任せ荷物をまとめて家族の暮らす東京にもどるのがよいと考える。出版界も好景気で北海道にいる自分のもとにも原稿依頼がきて旧著の復刊にもめぐまれる。「ユリ子の不幸とマリ子の激しい姿態」を思い出しながら、人生を知悉した四十歳の「紳士」として、また「批評家鳴海仙吉氏は午後の巷をゆっくりと歩いて行く」。

こうした文面からは収入の安定した人生の酸いも甘いも知り尽くした紳士の姿が彷彿とする

が、一皮むけば、その充足の裏に「女性への、特に、肉体への思い」が、二点目として提示される。「貞操」のことだ。操を守るために自死した女性を聖別した西洋の例を挙げているが、次のように言い及ぶことを忘れてはいない。「私（操を厳守した女性）は肉体の外何ものもなかったと告白することではないか」と。この逆説は強烈だ。なぜなら貞操（純潔）を堅持した女性が肉の塊で、それ以外の何ものでもないと述べているのだから。純潔に生きることこそが「精神」そのものでもある。換言すれば身心一体だが、いずれの女性もみなそうだろうか。

その正反対の事例が以下である。

モンテエニュの文章からの引用となっている。フランスのツウルウズで数人の兵士に手籠めにされた一婦人の言葉に、「有難たや」、「少なくとも一生に一度、妾は罪悪なしに（性交による快楽を）堪能致しました」と。言い換えれば輪姦にさらされての無理矢理の性交だが、無理強いゆえに罪の意識が生じなかったことを述べている。婦人の眼目が貞操観念よりも肉による快楽重視にあるのは一目瞭然だ。この女性は信心ふかいひとにちがいない。この一文も逆説だが、身心分離の好例だ。こうしたことをわざわざ引いてくるのはいかにも仙吉らしい。

漂流と地獄

第十五章は「地獄」という表題で、整は西洋文学に焦点をしぼって、ホメロスからジョイスまでの文学作品を「地獄」という観点から論じている。最初に日本の『源氏物語』と『往生要集』が同じ頃に成立した作品だと述べている。『日本史年表・地図』(吉川弘文館)によると、前者の成立が一〇一四年？　の紫式部の死去のあたり、後者が九八五年源信作とある。『源氏物語』は浩瀚だから式部が他界する前から書き継がれてきたものだ、という視点に立てば、『往生要集』と成立の差はそれほどの違いはないことになる。

近代日本文学史の教科書などは「〜主義、〜派」べつに分けて書いているので、藤村の『破戒』と漱石の『坊ちゃん』がともに一九〇五年の刊行であることに気づくとはっとなる(『猫』は前年の一九〇四年)。一九〇五年は日露戦争終結の年で整の生年でもある。整の傑作『日本文壇史』はこうした時系列の縦軸と横軸をたくみに組み立てた、秀逸な織物のような物語で、一読すると私たちが知っている「文学史」ではなく上記のように「物語」であることに気づく。整のストーリーテラーの一面をうかがい知れよう。

さてその『往生要集』は「仏教経典の中から来世の描写のみ興味を持って、それを独立の文学作品に書き直す」もので「支那の目連から」から始まった「特殊な文学」と解されている。それは現実の世の中が、腐敗、乱脈、富の集中や偏在と貧困の発生、飢饉による飢餓、地頭などの中間搾取者たちによっていためつけられる、農民や庶民たちの生き地獄の存在の大きさにあるからだ。そのような時代でも基本的道徳・倫理は宗教にはあった。源信こそが奴隷化された民衆のために道義確立を行なった人物なのだ。

本章では以上のことを仙吉の友人千沼刺戟の発言として表現している。千沼の見解に完全に黙らされて仙吉は憂鬱な心持で千沼の家をあとにする。そしてわれわれの現代文学の淵源が外来(西欧)からの「ヒュウマニズムの伝統に立つもの」(ここで仙吉が言う「ヒュマニズム humanism の理解が「人文主義」であると信じたい。現在、大方の日本人が抱く「ヒュマニズム」は「人道主義、博愛主義」の意味であろうが、この英語は「ヒュマニタリアニズム humanitarianism」が該当することを知ってほしい)であるから、西欧文学の文化と地獄の成立過程を考察してみようと考える。

そうしてホメロスからジョイスまでの事例を素に、適度に辛味の効いた文言を仙吉が語り下ろしていく。見事に尽きる。風刺と諧謔精神旺盛だから読み応え充分だ。

ホメロスの二作――『イリアス』と『オディセウス』――のうち整の筆は後者を「私小説」と位置づけんがために奮闘している。この作品を要約すると、「トロヤ戦争が終わって帰国するイタカ王オディセウスが、十年にわたって東地中海を漂流し、物乞いに身をやつして王宮に帰り、長い間貞節を守ってきた王妃に言い寄る求婚者の群れを、血祭にあげて王位に服する」(『世界史小事典』、改訂新版、山川出版社)とある。ところが整は十九世紀にドイツ人考古学者シュリイマンが『イリアス』と『オディセウス』の描写から発掘調査をして考古学的に真実をきわめた著名な話を引っ張り出してきて、両作品の叙述が真実であることをあえて述べている。それゆえ私小説なのだが、オディセウスの「漂流」の部分がすべて出鱈目だとみなし、「その話に限ってオディセウス自身が語っている形になってい」て、「この漂流譚全体が彼の創作」であって、みずからの失敗談を「世界を股にかけて歩いた間に得た豊富な耳学問によって飾り立てて作った虚構であると考えられる」としている。つまり、彼は「自分が渡り歩いた諸地方の伝説や神話などをつなぎ合わせて、自分の失敗や罪とがを上手に言いくるめる私小説を創作した」のだと。この部分での「私小説」は自分の都合のよいように話柄を曲げて生まれたものゆえ「作為」があるので、ひょっとしたら「私小説」の定義に当てはまらないかもしれないが、「私小説」＝「事実」と考えるほうに多少とも非があるだろう。私小説といえども作者の作為があってこそ成り立つものであり、作品を読むことでその向こう側に「真実」はみえてくるだろうが、(私) 小説が「事実」の作為的造型品であることを忘れてはならない。事実や出来事の組み合わせによって真実を表現するのが小説作品なのだから。

『オディセウス』のなかに死者の世界があって、これこそが地獄で、有識者の精神生活の正しい「反映」だという。この時期の地獄の民は快活さや意気込みに欠け、蒼白い亡霊たちの棲家だった。野性らしさを失うにつれて最終的にはソクラテス、プラトン、アリストテレスといったふうに精神や学識が純化してゆき、論争の火花が散る世界に没頭する「テンカン病み」の「ソクラテスが突然正義の神に取り憑かれ」て、ホメロスや論敵の知識人たちを将来の「理想国」から追放してしまったが、それゆえに「理想国」がやがてこの世に現われるようになった。

このあとがローマ建国を謳った古代ローマ最高の詩人ウィリギウスの『アエネイス』で記される叙事詩の内容になるが、仙吉はウィリギウスを、小心者で正直、真の正義がギリシア生まれの神々にはない、と悟った人物、さらにホメロスよりソクラテスに見習ったほうをよしとして、唯一神の顕現を予言している。そして詩人の死後二十年して、「ユダヤ族の神、大いなる復讐の神エホバの使徒イエスが生まれた」。この愛の神イエス神はあらゆる地上の人間を父なる神の下僕にする旨の掟を持っていた。また、肉の歓びと芸術に専心している者に悔い改めを求めた。ひとびとはみなイエス神の治世が千年ほど続いているうちに神の奴隷と化すことで神と同格となった。知識人はこの世に生きる場を失って沈黙を強いられた。

さてここまで仙吉の弁舌に乗って書いてきたのは、次の歴史的段階を仙吉がきちんと押さえているからだ。戦時下よりもっと前に出たチャールズ・ホーマー・ハスキンズの『十二世紀ルネサンス』（一九二七年）を仙吉は茶化した文面だが的確に把握している。

良家の坊ちゃんで利口なトマス・アキナスは、地獄から行儀のいい末流の異教徒アリストテレスをそっと持ち出して、野蛮な神に行儀作法を教えて満足していました。たまたまその頃、フィレンツェにダンテ・アリギエリなる狷介狭量おのれのみを正しとする名声好きの根性曲がりがありました。彼は恋人を奪われ、政治の争いに負けて追放されると、復讐の念に駆られて、諸国をさまよいましたが、その間、イエス神の刑罰論理に、自分の憤懣をやる手段を発見しました。彼はこの世における最も怖るべき地獄をイエス神の名を借りオディセウスとウィリギウスの考案を真似て造り出し、ウィリギウスを案内者に仕立てて見てまわりました。

東方からのアリストテレス哲学の、西方への移入（古代ギリシア語からアラビア語に翻訳された文献を、西方の学者たちはアラビア語を熱心に修得してラテン語に訳出した）で、キリスト教の理論の強固化にアリストテレス哲学を利用して、トマス・アキナスが十三世紀に「スコラ神学」を完成する。ダンテはこの信奉者だった。

トマス・アキナスやダンテをからかって修飾しているが、この章はすべてこの手法であり、それがとても効果的に響いている。

次にダンテの地獄について仙吉の詳述が続くが、後年のボッカッチォ著『デカメロン』との関わりを述べた箇所は、現代のこの二大作品の位置づけにも充分に通用する。要するにダンテの地獄があまりにも活力にあふれていたので、その分をボッカッチォが『デカメロン』で地上を描いたというものだ。それぞれが補完の関係にある、ということだ。

ダンテの次はミルトン。

ミルトンの次はカアル・マルクス神——人類繁栄の原素物質として人類の愛着の的である資本そのものの構造の研究者の姿をした神の出現。『資本論』第一巻の刊行。これによって奴隷化されてきた民衆が、二千年のときを経て再び生き返ったのだ。

その次がジェイムズ・ジョイスの『ユリシーズ』。アイルランド生まれのこの卓越した作家を日本に紹介・主著の翻訳をしたのが整である。グレイトブリテン島を本州（内地）とすれば、アイルランドは北海道。この地勢的関係が双方の出自と相関関係になって、興味深い。整は詩人イェーツの詩にも共感を寄せて訳出もしているが、イェーツもアイルランド出身の詩人である。

ジョイスは首都ダブリンを『オディセウス』の漂流の場とし、レオポルド・ブルウムを主人公に据えて「漂流」させている。その漂流譚が『ユリシーズ』だ。ジョイス本人は、二度と故郷の土を踏めなったダンテと同じく、トリエステ、ポラ、チュウリヒ、パリ、そしてチュウリヒで死去、と窮境の身のまま遍歴している。ただ、トリエステでは『ユリシーズ』の主人公の一端ともなる、イタリア人で後に現代イタリア文学上重要な作家となるイタロ・ズヴェーボの家庭教師として、その後のイタリア文学史でその滞在が重要な意味となる。

結びとして第二次世界大戦後のいまは、オディセウスが地中海を漂白し、ジョイスが西欧をこれまた漂白した時代に酷似しており、「真の善き世界が来て自分が怖るべき懲罰と復讐の地獄に投ぜられることを願い、しかもそれを怖れるということの不安、この私の心理的事実に、私はある大いなる不吉なものを感じます」。

「私＝仙吉＝知識人」の屈折した心境を語りながら、そう思う自分に不吉なものを覚えるとまで述べている。

本章で主な方向性としてトマス・アキナスより一世紀前の一大翻訳文化運動である「十二世紀ルンサンス」でのアリストテレス哲学の西方世界への流入による「スコラ神学、哲学」の成立と、政治家でもあったダンテの放浪までを追っている。その後、十五、十六世紀にイタリア・ルネサンスが開花する。仙吉は『デカメロン』に言及しているが、十四世紀の末期に、それまで忘れさられていたギリシア語の講義がフィレンツェ大学で実施されて、プラトン哲学がギリシア語からラテン語に本格的に翻訳される。十五世紀の後半には新プラトン主義、ヘルメス思想の文献も翻訳され、イタリアにあっては新鮮で異教の存在であるヘレニズム文化（「ヘレ」は「ギリシアふうの」の意味）が一世を風靡する。仙吉はそこまで述べずにミルトンに移行していくが、それには何ら支障はない。

本篇の終結と拾遺二篇

第十六章「終幕」は文字通り戯曲仕立ての章だ——これで『鳴海仙吉』が、四つの文芸形式で成っていることがわかる。「詩」、「（戯作）評論」、「（独白的）手記」、「（間接描写による）戯曲仕立て」である。

「終幕」では仙吉と、酒場トミヤのマダム・マリ子、その妹で子（不二子）連れのユリ子、それに刊行された仙吉の詩集が主人公だ。とりわけ「仙吉とユリ子と詩集」の三者とが。その詩集に詠まれている少女が昔日の姉マリ子と、この詩からは自分のことだと気がつく妹ユリ子の悲哀が胸を打つ。その他の登場人物はこの疑似的戯曲のすべて脇役である。

ユリ子は詩集のなかで詠まれているのが姉と自分であり、あるときを境にして自分だと仙吉に、札幌の街を歩きながら訴えるが、仙吉の回答はつれない。すべてが創りものだという。詩人仙吉の内的告白である詩も虚構だという。執筆の効果を当て込んで創った、創ることに知悉していた自分の間違いは、詩のなかで告白したかのようにみせただけだ、その自分さえもが創りもので、「現われかた（表現のされ方）」ばかりのために生きている。つまり、自分はいかに表現すべきかされるべきかのためだけに生きていた。要するにわが身の理想像の追求だ。

真心を持っているように見られたい。そのために生きる。……僕の書くものなんてみんな嘘ですよ。……作りものです。

ユリ子の心はこれを理解できないが、彼女の身が、仙吉との過去の恋愛を、無意識の裡に把握していて、娘の不二子にその死？　をトミヤの二階で発見される。仙吉は不二子に目もくれずのろのろと階段を昇っていく。ここで幕となる。

「あとがき」で整は『鳴海仙吉』の手法を述べている。それほど誤解を受けやすく、また先駆的作品でもあった証しだろう。本作は「対象を自然以上に変化させることで芸を作る作品ではない。作者の側における視点と記述法を自然以上に変化させることによって成立した作品である」と――この内意は作者本位の、きわめて作為に充ちた作品――という意味だろう。従来の私小説を逆手に取っているとの意味でもある。それを整は「自己救出の直接性を放棄することによって、タイプとしての性格の把握を試みたことで、『鳴海仙吉』は『得能五郎』と違うのである」と述べて、前作『得能物語』が、主人公得能（外面）と友人桜谷（内面）の二重構造であったが、そうした素朴な手法からの脱却作品こそが『鳴海仙吉』の、先述した四重構成（詩、戯作評論、独白的手記、間接描写的戯曲）だとしている。

そして本作執筆中にわいた疑念（生活と芸術との関係）に回答を試みようとして、一旦執筆を中止して評論『小説の方法』を書き始めたとして、読者に『小説の方法』を併せて読むことを慫慂《しょうよう》している。

「新潮社版・『伊藤整全集』第五巻」には「鳴海仙吉」と「火の鳥」だけではなく、「鳴海仙吉」の〈あとがき〉のあとに「鳴海仙吉拾遺」なる頁が続いている。全体で三十五頁余で、「一、鳴海講師の憂鬱」、「二、対話」の二章で成っている。「……憂鬱」は本文の第三章「シェイクスピア談」と同じく、札幌農業大学の職員室での光景を描いている。登場人物は仙吉はもちろん、ほぼ主人公と目される花村教授、その他、佐伯講師、塩見教授、粕谷教授である。

英語の教員である花村教授が漢籍の造詣も深く、さらに明治期に来日したドイツの建築家ブルノオ・タウトの書を原語のドイツ語で読んでいることに心底で恐怖感を抱いている仙吉の、それこそ花村教授とのやりとりで醸成されるであろう気分、即ち、「憂鬱」を仙吉の内的呟きで語るのが前半だ。これは本篇第七章の「知識階級論」を引き継ぐ内容で、相も変わらず、仙吉の自己卑下に充ちている。タウトは日本文化の「発見者」と位置づけられていて、花村教授がタウトの見識を称賛して、例えば、「『日本人の生活の理想型は、最も少ない資材を、もっとも合理的に、美しく使って生活するということにあるという』と仙吉に話す。すると仙吉も何か言わなくてはならないが、仙吉は日本固有の文化にほとんど通じてないこと、ろくに考えてみたこともないと胸につぶやく。変なことを喋ったら「自分の愚劣さの証明になるだけだ」を用心するのだが、たまたま問われる箇所が仙吉の知っている事柄なのでそのたびごとにほっと一息といった感じで何とかやり過ごす。ここで日本人の母親が赤子をおんぶしている世話の仕方を例に、タウトが幼年時から大人の背中に接して大人の作業や生活をみながら育つので物分かりがよい、と解釈している点に、花村教授はなるほどと感心するが、仙吉は「野蛮な風俗の名残」だとしている。

この件に関して是非触れておきたいのは、「おんぶ」という、赤子と母親とのからだの直の触れ合いが子供に安堵感を与えているという研究もあって、野蛮でも何でもなく、だっことと同じく親と子の一体感を生み出す日本文化の美点と言われていることを付加しておこう。鳴海講師が抱えている「憂鬱」とは、他の教員との談話中に自分の無知をさらけ出してしまうことへの危惧にあり、例のごとく何にでも精通しているという表情を取り繕うことが日本の知識人だという本篇での定義を踏襲しながら、密かに自身の所見を加えている——われわれ日本人はギリシア文明を淵源とする西欧文化をその本質において捉えることは無理で、「日本風な抒情の世界から離れられぬ」と。卓見だと思う。

後半部の、特に末尾では、いくら高尚な知識人で第一級の書物を読んでいても、彼ら知識人たちは鰊《にしん》の安値や他人の家庭問題に興味をもつ程度を超えられないのだ、と本音を吐いている。その通りだ。知と生活の関連やせめぎ合いから人間は抜け出せない。整が「〜の生活と意見」という表題を持つ作品を書きたい、書かざるを得ない根本にこうした透徹した目があるということを忘れてはならない。強いて言えば、ダンテではなくボッカッチォ『デカメロン』の世界だ。

二番目の「対話」は本篇の第九章「小説の未来」で、その書信を、「落合村文化振興会公演記録」で(私事を除いて)読まれる千沼刺戟との「対話」である。本篇第第九章では「東京の私(仙吉)の友人で、真の民主主義者である極めて知名な評論家」として紹介されている千沼だ。「対話」では左派の文芸評論家という位置づけで、仙吉の戦時下での政治姿勢への理解を示す言葉を述べている。仙吉は戦時下当局に協力的であったが、それは自由主義者であることへの当局からの追求を避ける方便だったので難詰する必要はないという、急進左派仲間の言辞を千沼が仙吉に伝える箇所があって、この部分こそがいちばん訴えたかったに違いない。二人はアルコールを呑みながら対話をしていて、例によって仙吉が批判される対象だ。もちろん仙吉と千沼双方の意見は整の振り分けたもので、両者あいまっての理解を示すことが大切だ。

自尊心論、ルネサンス以後の歴史論、不健康な芸術、本能肯定論、等々と二人の丁々発止のやりとりだ。整の論陣づくりの上手さが際立つ。いちいち挙げないが、千沼刺戟もいい迷惑だったであろう。それほど固い友情で結ばれていたのだと思う。

さて『鳴海仙吉』の評価だが、新潮社版・『伊藤整全集』第五巻の月報で奥野健男が、「『鳴海仙吉』は、近代日本文学史上、画期的な作品であり、未来の小説、あるいは反小説の方法的可能性を予見し、先取した作品である」と絶賛している。このあと奥野健男が整の弟子筋であることを差し引いても、この評価は当を得ている。奥野はこまめに論を展開していくのだが、「徹底した自己告白、自己分析云々」、「芸術家はことごとく愛情乞食だと喝破している」など具体的に作品のなかに入っての論述となる。そしてこれにも同感するが、『鳴海仙吉』は、敗戦直後の数少ない、殆ど唯一の知識人批判の小説である」と。

整自身が知識人であるが、その立ち位置を縦横無尽に活かして、明治以後の日本の知識人たちをやり玉に挙げ、返す刀で己を斬るという離れ業をやってのけている。自己を中立の立場において、他とそれに自身との距離もたくみにとっての批評には凄味があって、斬れ味のよい名刀を思い浮かべる。

その自己分析の吐露にはここまでもか、と唸る一文もあるが、すべてがその水準を維持しているのでその深みに慣れてくるとまたか、と思うが、そうした気分を突き破って迫ってくる披瀝には整の愚直さ誠実さよりも、戦略に長けた批評家伊藤整のワザの確かさが見て取れる。四種類のジャンルで成立している「鳴海仙吉」はどの分野でも、その可能性を模索してみせる整の気概を感じて、読後の感想として感性と知性の両方につよく訴える感がある。

2.『伊藤整氏の生活と意見』（各章には表題はない）

舞文曲筆

第一章はのっけから『吾輩は猫である』の口調そっくりだ。整はごく簡単に自己紹介をしているが、生年が一九〇五年とある。この年は前述のように日露戦争終結の年でもあるし、漱石の『猫』が上梓された年でもある。整は意図的に『猫』の雰囲気を出そうとしたのだろうか。『得能五郎の生活と意見』の空地耕作や新聞読みといったおさらいをしたあと、新潮社『新潮』の斎藤十一編集長からの依頼という形を取って、戦時下の『得能五郎の生活と意見』に似せた『伊藤整氏の生活と意見』という散文の連載を受けることになるのだが、整はここで斎藤編集長の意図を読み取る。

『得能五郎の生活と意見』の執筆開始が一九三九年第二次世界大戦の始まりの年の二年後の一九四一年で、現在が一九五一年でちょうど十年後に当たることに気づく。そして一年前の一九五〇年から朝鮮戦争が始まっていること。『得能五郎の生活と意見』の続編である『得能物語』の末尾（一九四一年十二月）で太平洋戦争の開始を描いて擱筆していること。これらのことから十年の歳月の隔たりはあっても、当時の生活と現在の生活とにほとんど違いがない。これから起ころうとする第三次世界大戦の予言を編集サイドが求めていると整は分析している。

意図的にこうした分析を、『新潮』からの依頼という形を取ってしてみせているかもしれないが、歴史の妙というものを感じさせてくれて面白い。『得能五郎の生活と意見』を『戦時生活指針』と命名してもいる。そのあとの内容は「芸」の話となって禅問答の趣を呈している。中心となるのは芸による生命の認識だ。整は、芸人の持つある型に目を向け、型がしっかりしていればそれだけその型から抜け出せない。つまり実際の自分と芸人である自分の二人(二重人格)となって、その時点にこそ「生命」が存在している、と説く。ここでとどまっていればよいのに、生命意識が過剰なひとは舞台から落ちても舞台での約束(演技・芝居)を実生活で実行して、自殺したりする。整自身は舞台での生活を虚であると知っているので、舞台を降りたら一重の俗人になってしまう。

革命する芸術家と自殺する芸術家は、二重の存在である芸人の意識をいつの間にか忘れて、そのまま舞台で一重のナマの生活にしようとするのです。

本質をつく表現だ。これは二重人格者たる芸人の存在を逆説的に述べたもので傾聴に値する。

第二章の鍵となる言葉は「曲筆舞文」(国語辞典では「舞文曲筆」とある。要するに、事実をまげて書くことを意味する)。この章で整は自分の所有する土地の広さを、広いとみなした場合の記述、狭いとみた折の記載の双方を挙げて、ものの見方というものがどこに基点を置くかによって結果が異なることを記している。知る限りの金満家の子弟である作家や評論家の例（青森金木町の津島家［太宰治］、備中の井伏家［井伏鱒二］、江州財閥の一門なる外村家［外村繁］、函館の高名な財的背景を持つ亀井家［亀井勝一郎］など）を挙げて皮肉っている。整とほぼ同じ境遇なのは、「小田原から箱根までテンビン魚を行商する間に貯金し」、その金を元手に「小田原の海岸に二畳間の独立家屋」を建てた川崎（長一郎）だ。富と貧のいずれかを計るときに、どちらに中心軸を置くかによって結論に差異が出るという一例だ。ピンからキリまで、といったところで、かつておおかたの日本人の意識が「一億総中流（階層）」とされたが、整はそうした見方など自分の立ち位置を移動すれば、見事に崩壊する怖さを、面白おかしく種々の事例（収入、訴訟、文壇など）を挙げて活写している。ここでこの時期整が『チャタレイ事件』の被告人であることがうかがい知れる（D・H・ロレンス作『チャタレイ夫人の恋人』を整が翻訳し、小山書店が発刊した際、その内容が、刑法一七五条［猥褻罪］に抵触するがため、訳者と出版社（社長・小山久二郎）が訴えられた事件［一九五一（昭和二十六）―五七（三十二）年］。訳者も版元も罰金刑にて終結した）。

ところで整自身はみずからを「極小的存在」としている。そして読者に「スベテ文章ニヨッテ述ベラレタモノヲ真理トシテ信ズルコトハ甚ダ危険デアル」と忠告さえしている。その整は己を雑文書き、小説家、比較文学者、近代文学史家でもあると記している。ここで整を称えるわけではないが、整はこれらの分野で第一級の仕事を遺して六十四歳で世を去った。

「伊藤整氏」の誕生

第三章以下はこれまでの第一、二章とは趣が異なって、途中までほぼ同時に書き進めた『裁判』の内容と重複する。『裁判』(新潮社版・『伊藤整全集』第十二巻)は記録文学の傑作であるとともに、『伊藤整氏の生活と意見』を読み解く上での「鍵」となっている。それはなぜ「伊藤整『氏』」として同時進行の作品を書いたか、だ。「氏」のもたらす意味は何か、である。まず単純な発想として「氏」のおかげで「伊藤整」本人が客観化され、文章の調子として整は戯画化、相対化される。第一、二章でこれを試みていてもうおなじみだ。

第三章は端的に言って、整みずからの筆ではなく主に各新聞記事を秩序だって引用し、また被告人である整の立場を擁護する弁護士や特別弁護人、それに検察側のやりとりを間に挟んだ内容で成立していて、「伊藤整氏」誕生は出てこない。それで『裁判』の頁をめくってみると、最初の章である(章の番号は付されていないが)「法廷の印象・起訴状をめぐる論争」に、参考となる文言を見出し得る。

「私＝整」をマスコミをはじめとして世間のひとがどうみるかを考えると、「私」がもう「伊藤整である私」でなく、裁判の被告人である「他のひとたちに見られる自分」であること、つまり「伊藤整氏」である。裁判見学者やメディアは整を「見に」くる側になる。そうなると他人から「見られる」立ち位置、他者から判断される立場の「見られる自分」が誕生する。短絡的かもしれないが、テレビや映画、それに舞台俳優がそれに該当する。彼らは演ずるプロとして「見られる自分」を作っている。整は演劇のプロではないにしても、意図的に「見られる自分」を作って裁判に臨み、そこでの「伊藤整」を「伊藤整氏」として『伊藤整氏の生活と意見』に書き込んでいくことで本作の主人公となる。みずからを演技者に仕立てて演技する自分と生《き》の自分を分ければよい。

また『裁判』には、瀬沼茂樹がよく引用する整自身の以下の文面がある。――「スキャンダルを論理や弁明で救うことはできない。スキャンダルをおっかぶせられた人間が理窟を言ったり弁解したりすると、世間人はそれを煩わしがり、かえって疑わしい目でみる。芸のみがこれを救う。芸は何でもなく、あっという間に人間の考えを変えさせてしまう。……それが公判の始まった五月から『新潮』に連載した『伊藤整氏の生活と意見』を書いている私の気持ちであった」。

整がこの作品をチャタレイ事件の中途まで並行して『新潮』に発表していった意義は、おそらく彼の「芸」（あとで扱う『文学入門』第十章で、その「芸」とは「（本質）移転」だとしている）の認識などの理論形成に大きな影響をおよぼしたことであろう。

第四章は裁判での被告人伊藤整氏が、（現実の裁判では特別弁護人である中島健蔵と福田恆存）両名が猥褻文書販売で訴えられた際に、「伊藤整氏」がその特別弁護人を引き受けるというアクロバット的な内容だ。整氏は仏文学の大家と英文学の泰斗を強力に弁護する決意をする。整が伊藤整氏にきわめつけの役を与え、さらに原告側としてニッポン・タイムズ紙記者、十返肇氏、高山毅氏を配している。

中島健蔵と福田恆存では、それぞれ弁護の方法に違いがある。片や伊藤整氏はみずからをこう高言してはばからない——「日本文壇において、最高検察庁の岡本検事に比較されるような権威ある文学批評検事の役目を長年にわたってして来た伊藤整氏」、「当代文壇きっての論理的にして明快な頭脳の所有者をもって自任している伊藤整氏」、「このような難件の処理を巧妙になし得るものは、文壇全体を見渡したところ、人格と見識と手腕から言って伊藤整氏の外にないだろうというヨロン……」といった具合だ。ここで留意すべき点は三つの文章のいずれにも「文壇」が組み込まれている点だろう。もう『日本文壇史』を書き始める素地をみずから示している。「文壇」という「世界」（というより「世間」あるいは「村社会」）が整にとって最も重要でこだわりの場であることがわかる。ちなみに現在、「文壇」と呼ばれるものが存在しているかどうか、私には不明である。むしろ崩壊してしまった、と言った方がよいかもしれない（日本文芸家「協会」は存在するけれども）。

虚構の上で割り当てた、あるいは割り当てられた「役所《やくどころ》」を三者が懸命にこなさなくてはならない。現実での「被告」という立場を意図的に下りて、「特別弁護人」役を演ずることで、原告と被告の実体を焙り出すという試みだ、それも二人の立ち位置を変えて。

中島、福田、双方の弁護は言うまでもないが、中島の場合は、当人も関わったと思しいワイセツ文書を秘密裏に調査かつ研究すること、が主眼だ。福田では、女性問題が絡んできて複雑怪奇の体をなす。そして整氏自身に突きつけられる女性問題と、さながら迷宮状態だ。『オデュッセイ』の世界のように。

この章では著名人を皮肉っている箇所が散見する。例えば、「小林秀雄という著名なエンニチの仏像や古レコードの鑑定人」とか、「大宅壮一という文壇の野武士」とか。しかし整は自分が「文壇のシロネズミ」と言われていることをきちんと掲げている。ネズミのようにこまごま、そそくさと動きまわる、かぎまわるというネズミの特性をあてはめている。その発言者が福田恆存だと整氏は述べているところが面白い。そう、福田氏は実際の裁判の特別弁護人だからである。

自己顕示

第五章と第六章に共通なのは「原子爆弾」による恐怖と時局への伊藤整氏の眼差し、それに日常生活に潜む生への不安だ。もちろん裁判での被告としての伊藤整氏は二つの章でも大きな役目を担っている。

第五章では、中込検察官を除いた関係者の疲労感を訴えていて、それだけ中込検察官の活躍を際立たせている。彼が決定的な証拠文献（占領軍が翻訳の許可を下していないという文書）を提出したことにたいして、整氏は（特大のホームランではなく）「巨大なファウル・フライ」として茶化（称賛）している。整氏の筆致は、善く言えば戯画化、悪く言えば相手をおちょくっているものだ。第五章では第三次世界大戦を予感した記述がみられる。他にロレンスの祖国での高い評価。それに同世代の作家への辛口の寸評などが続く。

第六章では三つの記述が面白い。一つ目は同時代の作家たちの自宅と整氏の自宅との優劣をともなった比較である。整氏は自分の家より貧弱な家に住む作家仲間を知って「安堵の息を吐く」と書き込んでいる。一見たいしたことではないようだが、重大な意味が隠されている。人間の精神的安定は、対象は何にせよ、自分のそれより劣ったそれを相手に見出すことで成立する、ということだ。自分以下の者がいることを知ったときこそ、上には上があるという恐怖感がそれだけ立ち消えていくものだ。

二つ目は大学に出講するとき郊外の自宅からまず畑を通りすぎ次に林のなかに入って行くとき、わが家を、妻の姿をこの目で捉えようとして振り返る仕草だ。自宅と妻が一瞬のうちに消え去ってしまうのではないか、という不安に整氏が襲われる。私事で恐縮だが、私も学生時代、間借りの家を出て電車に乗ってＪＲの王子駅で降りて大学の裏門目指して歩き出したその途中で、部屋が、家が燃えているのではないかと不安にかられ、公衆電話で（当時部屋に電話を引いていたので）電話をかけ、発信音が鳴り続けるのを確認して安心した覚えが何度もあった。整氏がこの心境に陥る文脈では「爆死」という言葉も出てきて、ヒヤリとする整氏が描かれている。こうした実感を大切にしている点に、この作品が単なる「生活と意見」に終始して終わるものではないという期待が持てる。

三つ目は、朝鮮戦争が始まっている当時、日米安保条約を結んだ、時の総理大臣吉田茂の子息の吉田健一が裁判の弁護側証人として発言してくれた事例を引っ張ってきて、こう述べる。健一君の父君が結んだ安保条約のせいで自宅が朝鮮の前線からほど遠くない地点にあるようになってしまった、と。要するに吉田茂を間接的な敵とみていて、自分の味方である健一君との関係で、伊藤家と吉田家とのかかわりが複雑な様相を呈するにいたったということだ。整氏個人の問題が政治と絡んでくることを言いたかったのだろう。

第七章は整氏の大学での講義風景を戯画化したもので、その根本思想として、物の本質はその相似性で把握でき、類似の体質が類似の思想や感情を生む、という点に置いている。これは(西欧の伝統的思潮である)万物の照応(マクロコスモスとミクロコスモスの感応・照応のことで占星術や錬金術、それに自然魔術にも取り入れられた、キリスト教からみたら異教の思想)の原理であると整氏は謳っている。つまり、講義中に繰り広げられた学生たちの討論を目の当たりにして、整氏が被告人として出席している法廷に酷似していると述べている。たったこれだけのこと(解説・説明)をいうのに、事例、まことに豊富で、これぞ小説の感がある。小説が説明でなくて描写であって事実の集積であると称される所以だろう。

第八章はひと込みのなかでの銀座散歩の光景を描いている。銀座の雑踏にまみれると整氏の存在は無に等しいが、それでも整は整氏を「その銀座の真ん中辺に」で始まって、およそ四四〇字の修飾を用いて最後に、「(その人物が)……かの伊藤整氏であった」として登場させている。こうして雑踏のなかでも人目を惹く伊藤整氏という形で、四、五箇所出演する。自己顕示欲そのものなのだが、なにせ本作の主人公なのだから、おかしくはないと読者は思いいたるが、しつこすぎる嫌いもある、というのが率直な感想だ。

判決(第一審)

第九章は、チャタレイ裁判にたいしてデタラメな記事や論説を掲載する新聞や雑誌への、整氏の憤りを幾本も記している。それには刊行元の小山書店への誹謗中傷(で経営悪化に陥ってしまう)も含んでいる。また被告や弁護人たちの会合での経費についての虚報にも断固たる態度で整氏は臨んでいる。そして弁護人や特別弁護人が整氏のために動いてくれたのは、敗戦後に出来上がった言論の自由を守るためなのが第一の理由だと明言している。つまり起訴状に言論出版の自由を不法に弾圧する危惧を弁護人たちが感じ取ったからだ。こうした非道徳的な「輩の集まり」について整氏は、戦前の「軍閥」をなぞって「文閥」と書いた記事を目にする。その本意は、文章を書くことによって閥を形成して文化の進捗に悪意を以てたいする連中を指す。しかし整氏一流の論理で逆に彼らこそが文化の進歩を邪魔立てする輩で、きちんと裁判の経緯を把握していない、一知半解な知識だけの烏合の衆であって、彼ら徒党の輩が「軍閥」の本意を担った「文閥」だと結論している。

第十章は裁判での判決言いわたしの半日を描写している(内容的に鑑みて地裁「第一審」での判決だろう)。時は一九五二(昭和二十七)年一月十八日。国鉄電車の飯田橋駅の東出口が舞台で、第八章で伊藤整氏登場に四四〇字ほどの字数を費やしたように、今度は伊藤整氏夫人の登場に、上下二段組の頁をすべて使い切っている。その終わり近くの文章に赤い傍線が引かれている。これは過日、およそ四十年前に私が引いたものだ。この本をここまで読んでいたことを改めて知らされる。赤の傍線はもう一種類ある。二十代の自分が関心を持った文章を改めて読むと、当時の自分と再会している気がする。その個所はいまでも新鮮な文言として映る。——「人間の注意を本当に惹くのは、美しい顔や立派な着物ではない。そんなものはこの世にありふれたものであって、……そんなものに誰も本当の注意を払いはしない。しかしそういう幸福らしい外的条件が、不安や不幸と結びついた時、初めてそれがそこに存在していたことに人は気がつくのである」。「統べての心理的打撃を打撃それ自体でなく、その働きの抽象的本質において考えることによって心の平静を保つことに習熟している伊藤整氏は、……」。この二カ所だ。まさに生活感あふれる意見の発露と言えよう。

伊藤整氏夫人は小山書店に立ち寄り小山夫人と連れ立って夫たちより先に法廷に向かう。整氏は靴磨きをしてもらうので遅れる（元来、靴の輝きは関心外だとしているが）。小山書店主と二人で法廷へと向かい、やがて壇上に黒服に身をかためた三人の裁判官が現われて、判決を言いわたす。

小山久二郎に罰金二十五万円、整氏は無罪、となる。判決の趣旨は、原作の文学的価値はゆるぎないもので、版元も翻訳者にも良き意図の下での刊行だったが、小山書店側は宣伝広告に春本めいた文言を使用したので、体刑には当たらないが罰金刑とした。つまり原作がワイセツではなく訳者も版元も正しい意図での翻訳刊行だったが、広告等で小山書店がミスを犯したのでワイセツ文書となった、というわけだ。日本国憲法第二十一条での言論表現の自由が守られたことになる。

第十一章は、第一審での、被告側の控訴（小山氏への罰金刑にたいして）、と検察側の控訴（伊藤整氏への無罪判決への不服）から始まるのだが、時代設定を第三次世界大戦後に置いている。原爆と水爆を盛んに行なったはずの、三度目の世界大戦の後の世界は、共産主義社会かファシズムの社会が誕生していると整氏は説く。これは名エッセイ「中世への郷愁」と同じ論法だ。「中世への郷愁」では、第二次世界大戦後、近代を経験していなかったわれわれがこれから迎えるのは中世だ、という論理展開だ。共産主義もファシズムも表裏一体の独裁政権を打ち立てるので、裁判も、人民裁判または恐怖裁判となっていると整氏は予想する。そしていずれの政権でも新憲法を制定するので、その下での裁判で、チャタレイ裁判が第三次世界大戦後も続行していると予想する。ここに整氏の痛烈な社会批判、未来予言をみることが出来る。

さらに整氏の職種は戯画化されて、「詩、批評、小説、比較文学的研究、翻訳、新型随筆、法廷論争術、家庭調和術、恋愛書翰《しょかん》文、英文学教授法、実証的文学史及び文壇遊泳術や広範なる分野」で「偉大なる成果をあげた天才」と堂々と自画自賛している。とてつもない不遜な態度だが、伊藤整そのひとはこれだけの領域でじっさい第一級の仕事を遺している。そして本裁判の影響力が「時間的には第三次世界大戦の後」まで、空間的にはすべて同時代者の内面に大きな感化を及ぼす、としている。章末で逆説の手法を用いて、「『チャタレイ夫人の恋人』を出版することが犯罪であると決めながら言論出版の自由を保証するという憲法の条項を（はじめて）確認するようなもの」だ、と述べ、さらに警察予備隊へと批判が続く。殺戮性の高いさまざまな武器を持った兵隊を十五万人も編成してから（やっと）我々は軍備を持たないという憲法の原則を守っていると声明する、といった論法にそれは似ている、と。

戦時中から（『太平洋戦争日記』を読むとわかるが）時局への透徹した視点を保持してきた伊藤整本人の面目躍如たるものがある。

世事寸評

第十二章と第十三章はある意味で通底している面がある。それはともに「文士」の生活環境を描いているからだ。当然、編集者も関わってくる。

第十二章では「買手市場」（編集者・出版社側）と「売手市場」（作家たち）との売り買いの関係がもたらす悲喜こもごも（対立、服従、などの関係）を描いている。例えば、伊藤整氏宅へ原稿を取りにきた編集者の一喜一憂、即ち、原稿を整氏からもらえるか延期となるか全く無理かといったような（売手市場）。反面、整氏が原稿料をもらいに版元に通いつめる日々を書いている（買手市場）。「売手市場」である整氏のことを戦前のファシズム（全体主義）体制に喩えて、それとそっくりな下部構造が整氏の場合出来上がっているとあけすけに述べている。それを統括するのが「インスピレイション氏」で、整氏はこの上官に身を委ねていると弁じている。もちろん「上官」の命令の質によって作品の出来不出来が決定されるわけだが、担当編集者にたいして、「君もまた私の芸術的良心をふりまわす見栄又はモッタイブリの犠牲者の一人だ」としている。持ちつ持たれつの間柄だ。

この章では一九五〇年前後に生まれた「中間小説」という新しいタイプの小説に群がる作家群像を紹介していている。『小説新潮』の「丸山某」の考案だそうだ。整氏はあまり好ましい著作物とは思えないと反対に近い立場に立っている。しかし、伊藤整はこの分野でもヒット作を連発する書き手となっていくのだが。

第十三章は、メジャーな作家とマイナーな書き手との「格差」を述べている。文学研究者の特色として、著名な作家の誰もが知っていることには興味を示さないが、無名の作家の知られていない事柄にたいしてはことさら探究心が旺盛になる、という。整氏自身は、缶切り三つとコンデンス・ミルク三本を買ったことが後世の文学研究者の研究対象になるかどうかを計りつつ、筆を進めている。どうでもよいことに思えるが、偉大な作家ほど身辺のいたるところまで研究材料にされることを、整氏みずからが文学史家であるから熟知していて、その怖さを彷彿とさせる内容が第十三章の主眼点となっている。

また、文士の書く原稿の枚数をへらすために出版社側が「アンケート」と称する「搾取」を行なっていることに不満を募らせている。それは「アンケート」を職業上の権利のように乱用したからだという。「アンケート」は今日では珍しくはないが、整氏がここで挙げているそれは文学者の原稿枚数を「アンケート」化して減少させて稿料を減らすという版元の企図を整氏が見破った筆致になっているからだ。

第十四章は辛口の社会風刺である、逆説的論法で「政治」、「経済」、「夫婦問題」、「女性問題」に言及していて整氏の慧眼を知ることが出来る。

中野好夫や清水幾太郎という進歩的な学者の主張（アメリカによって与えられた新憲法の戦争放棄の条項の厳守）にたいして「オワマリさんたち」が、その成立の素にアメリカがある以上、厳守の立場をとる輩を国際スパイとみて先の二名を監視する、という説を立てる。

こうした発想の下、真の自由主義者がどうやって憲法に規定された自由を破って、自由（勝手）に他の自由主義者の自由をソクバクして獄舎につなぎ、自由に戦争の準備が出来るかを勘案している。

徳田球一、野坂参三、伊藤律らの名前を挙げ、彼らが地下で実に自由に「キョウサ（教唆）とセンドウ（煽動）」を首尾よく行なっているかと仮定し、五月一日のメーデーに、徳田君とその一味とその演習志願者が広場に突入して警官相手に、午後二時から六時まで紛争を行なったという想定の下、こうした華々しい演習の愛好者こそ、真の民主主義者であり自由主義者である。

片や、嫌悪する者は似非自由主義者だ。この通念はたった一度しか戦争に負けていない日本にとってはその光輝あふれる伝統に照らしてあたりまえだと説く——この箇所は昭和二十五年六月の朝鮮戦争勃発の年のはじめの、コミンフォルムへの批判を機に起きた日本共産党の党内問題の激化、それに伴うマッカーサーによる共産党や中央委員たちの公職追放と『アカハタ』発行禁止、さらに共産党員の地下潜行、つまり、レッド・パージなどが起こっている。火炎瓶闘争もあって物情騒擾。昭和二十七年四月、日米講和条約が発効したものの、メーデー事件や火炎瓶事件に象徴される危機感が残存した。政府は破防法を施行。公安庁を発足させた。これらは『チャタレイ事件』を近景とすると遠景に該当するだろう。

こういう煙に巻く論理展開で、戦後の日本の暗部・無策・一晩で民主主義を標榜した人物たちを皮肉っている。さらにそれは男女(夫婦)間の問題にも敷衍してゆく。敗戦国になる前に男性が持っていた女性観を戦後も維持できるとは大きな誤りであろう。男子学生が女子学生からパンツやブラジャを奪ったにせよ、それは勝利ではなく、女性の持つ欲望と生殖という観点からすれば、憎悪を介した戦いではなく人類の繁栄に資する争いゆえに、今度は仕返しに女子学生がパンツとブラジヤを盾に戦って勝利を収めることだろう、と。

日本の知識人ももはや男性は女性に勝てない。みながみな「恐妻家」になってしまったからだ。国際関係でも似たようなことが生じている。対ロシア(ソ連)対策だ。かの国が他国と平和条約を結んだせいで、日本国は恐怖心をソ連に抱くにいたる(ソ連が協定国と組んで攻めてくるかもしれないという恐れ)、等々。

第十四章は整氏一流の逆転的皮肉的風刺的発想の精華をみる思いがするが、女性問題に関しては当時としてはずいぶんと先鋭的な見方に立っている。とにかく女性は働いて何事にも当たるのが得策で、代議士たちが新憲法の規定を破りたがっているのは、女性の投票権を奪って、従来の男性優位を復活させんがためなのだ。

旧習への復帰を整氏の視線は危ぶんでいるが、男の本音を代弁もしている。

ところで、整氏流にいうと「オカタイ文章」を書いて、この「ズイヒツ」的な作品を評しているが、本作の原文はいかにも「オチャラカ」である。例えば、第十三章の以下の文章など、本作に底流する味わい深いものだ。即ち、「酒の助力を得ずしては中山義秀も石川淳も小林秀雄も、自分でなく他人のことをバカヤロと言ったり、刀を抜いたりする勇気を持ち得ないことを伊藤整氏はつとに知悉していたので、酒の欠乏は即ち我が身の安泰を意味するものであるとして、その点に関する限り戦時生活を歓迎したのであった」と。こうしたある種の「余裕・ゆとり」を以て事に臨む文体がこの作品に一定の距離感、つまり相対化を成立させて、風刺の誕生をみる。

人間と社会と美

第十五章も人間の本質をえぐり出す内容で、それも戯画的に描いているからなおさら説得されてしまう。二、三挙げてみよう。

まず、人間というものは、自分以外の人物が攻撃・批判されているのを目にするほど楽しいときはない、という点。この精神が生かされなければ、新聞雑誌（とりわけ、ゴシップ誌）は売れない。

次に、人間は他人に害をおよぼしてはじめて自己の存在を感得する、ということ。人間には他者が必ず必要だと述べていて、他者との関係で自己認識が可能だ。

第三番目に、「風刺文学」の傑作を生むためにはわが身と他者とを「モロザシ」にするという「特攻精神」が要るということ。つまり、自分も相手もともに死ぬ覚悟で臨むという意味だろう。「モロザシ」とは周知の通り相撲用語で「両手を相手の脇の下に差し入れる技」だ。「特攻隊精神」を整氏は「モロザシのミミックリイ」としている。「モロザシの模倣」というくらいの意味合いだ。戦時中の神風特攻隊への批判というよりもむしろ、それを造り挙げた陸海軍末期のあがきを風刺しているふうに取れる。

また、東京新聞の名高い匿名批評蘭「大波小波」で、整氏が戦時中、軍国主義に賛同した実績を指摘され、弁解の余地のない窮状にあると正直に述べている。戦時中の整氏の立場はこれから検証していくべき大きな課題だが、『鳴海仙吉拾遺』篇で、左翼急進派のひとたちからの評価を千沼刺戟に言わしめている箇所を既述しているので、そうした観点もあることを知ってほしい（「『仙吉の戦時の協力的姿勢は、言わば自由主義者への追求をのがれる方便にすぎなかったから、深くとがめるに当たらないという意見が、今急進的な左翼の仲間にある』、と千沼は言った」）。ここでは協力者として位置づけている。

最後に、日本文化と、これまで自分の糧としてきた西欧文化との比較を行なっていて興味をそそる。日本文化を「執着」のそれとしている。その反対だと「恬淡《てんたん》」の文化が西欧のそれとなる。「執着」の事例として論争、恋愛を挙げ、そうした「シュウチャク」を棄てて心安らに死にたい、いつ死んでもいいように暮らそう、と結んでいる。ここまでくると、「執着」ではなく「恬淡志望」がより日本文化の特徴とも読める。


第十六章は前章を受けて人間の本質に触れつつ、戦前の軍国主義批判へ話を進めている。

整氏が日本大学法学部主催の「犯罪科学研究会」の講演者として招かれるところから話柄は始まる。同席する講演者が佐藤検事総長、山崎弁護士会長という、検察当局と弁護士のトップであることを整氏は、この場合、自分が全国の刑事事件の被告人代表であることに気がつき、模擬裁判を主宰者側が意図的に開催したと結論する。整氏もいっぱしの有名人となったわけだ。時期的にみると、チャタレイ裁判の第一審の判決が出て被告側が勝訴したのち、原告側が控訴し第二審を待っている頃だ。

整氏は名誉なことだと言いつつも、検事総長とは面識を得ない方がよほどよかったと本音をもらしている。つまり、自分の翻訳書が告訴されたのを迷惑だと言っているわけだ。そして被告のほうが検察の陳述を負かしてしまうような社会は危険だと（勝訴したのに）整氏は述べるが、これを伏線として、戦前の、「問答無用」で総理大臣を殺害した事件（一九三二［昭和七］年の五・一五事件で暴徒が犬養毅首相に放った暴言）を挙げて、罪人は罪人だが、栄誉ある罪人だとみなして、二、三年の禁固刑で済んだせいで日本社会の法的・社会的秩序が瓦解した。そういう世の中に軍国主義が台頭してきて、国民が絶望的な戦争へと追い込まれてしまう。

　これら法的価値の逆転した現象は、いずれの社会秩序が不合理になっている時か、それを守る任務の人間が法を世道人心に反し、正義に反する形で運用している時にのみ起こることであります。

「世道人心に反して」いるのはもちろん検察側で、正義ではないと主張している。次の第二審で判決がもしもくつがえったとすれば、日本社会は再び軍国主義へともどってしまうのではないかと整氏は危惧している。

　本作の各章は「笑い飛ばす」という「芸」を活用し、主題ごとに文体を変えて記述しているが、本来的に右記のようなメッセージ性の強い見解で各章に締まりをみせているので、オチャラカ作品ではないことは自明である。

　第十七章では「女性」に言及している。物故した女性作家として、それぞれに相応の修辞を施して、岡本かの子、宮本百合子、林芙美子女史の三名、活躍中の作家では、平林たい子、真杉静枝女史を挙げている。後年『女性に関する十二章』というベストセラーをものすことになる伊藤整ならではの、女性についての金言に充ちている。

二、三、掲げてみよう。

女流作家にたいしては、その才芸はときとともに磨きがかかるが、その容姿はそれにつれて美が失われていくとか、女性にたいする男性の美的判断しだいで女性が美しくも醜くもなるとか、「女性は悉く今のところ美しいか、かつては美しかったか、革命が来れば追放されるまでは女性闘士としての美しさに輝いているか、その三者の何れか一つである」とか。

女性の美しさは、内的外的要素の二つが微妙に絡まり合って「変身《メタモルフォーゼ》」してゆくので、その最中でもっとも美なる容貌を認知して称賛するのがよいという。

偏在

第十八章と第十九章は「偏在」という言葉に収斂され、文体も両章通じて、抑制の効いた自己卑下的告白調だ。双方テーマもはっきりしていて、十八章は「幸福とは何か」、十九章は「疲労と苦悩」、それにラジオを介しての伊藤整理論の宣伝である。

「幸福」とは何かについて整氏は他人を傷つけずに生きていけたらそれが幸福だと明言する。それから例によって詩人から出発した自分の文芸上の職種を笑いをさそうように披瀝している

（詩人、研究者に翻訳者、小説家、文芸評論家、教師、雑文家、といった八宗兼学的人間）。こうして複数の分野に口を挟んでいる整氏を「文壇や学界のどこにでも偏在しているが、実はどこにも実在しない」と断言し、「伊藤整氏は選択と実存主義には反対である。氏は実存することよりも偏在することを好む」と付加している。これはイタリア・ルネサンス期に例を取ると、レオナルド・ダ・ヴィンチのような万能人（百科全書的人間）と同意だ。文芸という部門の各分野のすべてに一定の見識を有した整みずからの自己規定だが、各分野で第一級の功績を遺しているのだから、当を得た自己分析と言えよう。

普通のひとの幸福とは、自分の望むひとや品を自分だけで所有して他人には触れさせないことと、他人の注意を自分だけに向けさせることだ。自分本位につながり、幸福の別名が「個我《エゴ》」の拡大というわけだ。しかしエゴの内実は幸福とはほど遠く、他人を支配し、他人の存在を削り取ることを指している。つまり「支配と所有」である。ここでは幸福は負の意味で偏在する。整氏はこれを生きることの苦しみと結論している。

善きものと美しきものと合理的なものの高揚、腐ったものへの嘲笑、それが私の仕事です。それ等をエゴイズムの歪みから切り離して解放することが真の芸術です。

どうやら芸術（家）たる者はエゴイズムを脱して真正なる幸福を手にすることが可能なようだ。

第十九章（終章）では、ラジオでの講演者がそれを聴いている整氏本人であることが判明する内容だ。ラジオから流れてくる近代文学の分析が伊藤整理論だという筋立てで、結句、整理論を知らしめたい意図がみられる。それは私小説作家が実生活の演技者だという伊藤整理論の独創的見解である。私小説作家の自伝的報告文学がその演技の「再現としての写生文」と断じている。「自分の演技を記録する俳優、それが私小説作家であります」。

このような趣旨の文言が十五分間ラジオで日本中央部の広汎な地域に「偏在」している現実を整氏は認識する。

3．同時代の「評論」にみる伊藤整

二編の力作評論にたいしてはまさに「胸を借りる」というか「恐れを知らぬ挑戦」というか、といずれかの心境である。どうしたら整の論考の内実を暴けるかという難局が控えている。それで私はひとつの方法で立ち向かっていくことにした。主な章でキィーワードを中心にみていくことに決めた。読解の鍵となる言葉の頻出度は高いのがとうぜんだから、その単語に沿って読み解いていくことにする。もう一点言い添えておくが、『小説の方法』の文体は後半に進むほど堅固で粘着性が強くなる。勢い私の筆もその影響を受けるかもしれないが、ご寛恕のほどを願いたい。

（1）『小説の方法』

私的「私小説」擁護

序章に当たる本章は息苦しいほどに「倫理」という言葉に充ちていて、それが「文壇」、「私小説」（その対とされる「本格小説」）とつながっていて、そういう意味での小説とは何かを整は語っている。もちろんそれだけではなく、唯物史観からの文学感も登場するが、のっけから、「倫理」、「倫理」の応酬だ。『小説の方法』を倫理的過ぎると半畳を入れたのは饗庭孝男だが、じつにそうだ。

「倫理的修練的骨格」の告白文、「倫理的思想修練」、「文壇的倫理修練」等々。ここでの「倫理」から受ける印象は生真面目で、愚直とさえ言えるほどの実直さが浮かび出ている。また言い換えて、「作家のギルド内における道徳的要素」と述べている。「ギルド」とはいうまでもなく、「西欧中世の独占的同業者組合」のことで、倫理的文壇を指している。そして文壇を「道場」と呼んでいて、もう「道」の世界に整は立っている。彼が文壇にこだわるのは恒常的なことなどでそれはそれでいいのだが（整にはご存知の通り『日本文壇史』なる未完の浩瀚がある）、「道」いや、「芸道」にまで話柄が食い込んでいく覚悟を、ここでわれわれ読者は持たねばならない。先述の言葉の組み合わせだが、「文壇生活そのもの」が「倫理的思想修練であり文壇は道場」と断言している。こうした視点からは社会思想も思想そのものも確立せず、その種の肉づけの不要な生活倫理を重んじ「文壇の精神的背骨」たらんとして志賀直哉のような作家が育つ。よもや谷崎潤一郎にとって住み心地はよくないだろう、と明言している。

肉づけのない小説形態こそ私小説であって、その実体は身の上話の類で、作家の生活報告である。即ち、「小説を書いて売る人間が小説を書いて売る生活の様々ないきさつを」書き続ける「限りない連続」なのだ。

だがこの私小説云々という問題は文学それ自体の根本問題だ。つまり「私とは何か」という命題に突き当たり、「どういう生活をしているか」という「生活報告書」ではなく、この点で、私小説も、（身の上話でない話を本当らしく書く）本格小説も差異はない。

ただ、私小説本位に考えると、本格小説など単なる作り話でそれは錯覚（幻影）に過ぎなくなる。ゆえに小説とは作者のよく見知っている世界（人間現象、生活等）を描くことで読者に感銘を与える言葉による芸術で、本格小説は人間の形骸を組み合わせて面白可笑しく作った通俗小説にも陥る危険がある。かくして三分の嘘と七分の事実がよいというのが宇野浩二の説だ。こうした論の展開にも整の強い倫理観がみえてきて、説得されながらも、だんだん真綿で首を締めつけられそうな気になってくる。

そして書き手のみならず読み手がいてはじめて小説が成り立つとも述べて、資本主義社会での出版商業に言及している。ここで私小説作家と風俗作家の二色に分かれる。一応、前者をいまでも純文学作家、後者をエンターテイメント作家と呼んでいる。

唯物史観に鑑みるともっとわかりやすい。富の集積の高いなかでその才能を開花させた作家がいれば、一方に、安い原稿料で暮らしをつないでいたのでその範囲の生活しか描けない作家、と貧富の差ですぐに回答が出てしまう。しかしながら「生活報告書」という規範を出ておらず、日本文壇のギルド的特色の最たるものだ。私小説であれ、通俗小説や風俗小説であれ、それとはべつの純文学としての本格小説であれ、特に通俗小説と風俗小説では告白をしのぐ肉づけが必須だ。となっても、整の観点からすると、いずれの型の小説作品でも、ある一定の倫理基準が要るに違いない。放埓は許されないという姿勢が第一章から強烈に漂ってくる。

『小説の方法』は、『鳴海仙吉』を書いている最中、ある問題意識を抱いた整が後者の手を止めて書き出した評論である。両作品は問題意識を共有しているはずだ。それは章題の「小説への疑問」にほかならないのだが、その論考の出発点を「倫理的文壇生活」に置いていることに、『小説の方法』が伊藤整の「私的私小説（擁護）論」である気がしてならない

散文芸術

キィーワードは、「散文精神」（広津和郎）、『小説の美学』（チボオデ）の二点の論考を中心とした文言だが、本文に入るまえに是非、紹介したい文章がある。これはわれわれ日本人が西欧の文化（文学をはじめとしてほぼすべての芸術、それに思想、哲学などの学術分野）を輸入する際に遭遇する受容の姿を整が解析しているところだ。味読していただきたい。日本人がともに考えておくべき案件だろう。

世界の文化的な前線というべき地帯に起こった波が日本に伝わると、それは常に、日本文学と質を異にするものとして反発される。にもかかわらずそれは歪められ、引き戻された形で、やがて移される。日本文学の遅れている実質との照応においてそれ等を取り入れる準備や条件が紹介者自体にも、日本の文壇自体にもないところに起こる悲劇である。

海外の新規な（ここでは、文学を代表例にしている）思潮に飛びつく日本人がまったく受け容れるに値する準備も用意もせず、それも変形したかたちで受容してしまう悲劇を突いている。実際これまでだと、戦後の実存主義の文学、フランスのヌーボーロマン、それにポストモダンなど新規なものを最先端な思潮として受け容れてきたが、いずれもいっときのブームに終わってしまい根づかなかった。整によるとそれも歪曲した内容で受け止めているというのだからなおさら一考に値する。整が紹介して実作でも示した「新心理主義文学」も定着にはいたらず、「馬喰の果」を発表して整は自然主義的な作品へと後退し、新心理主義文学とは早々に縁を切っている。先の引用文はそうしたみずからの経験から出た貴重な所見であろう。

さて本項は前半で広津和郎の「散文芸術」を、後半でチボオデの『小説の美学』を取り挙げ、整が二本の論考に寄り添って論を進めていく体裁を取っている。

ではじめに広津和郎の「散文芸術」論について。これも西欧ですでに考えられてきた文学的水脈を、日本で広津が自身の内面で感じ取って文章にしたことになっている。その西欧での考察とは、小説という散文芸術の性格の特徴として、その時代の芸術の持つ「意識」からはみ出す傾向にある、というものだ。

これを広津は「散文芸術の（人生に於ける）位置」として一九二四（大正十三）年に書いた。趣旨は、散文芸術を従来の美学で捉えるのは無理だというもので、この「無理」が西欧の「はみ出す傾向」に相当している。広津の認識はある意味で充全たるものだった。彼は十九世紀の西欧の小説の達成（自然主義文学）を日本的に吸収し、小説が現実とのつながりを保持することで生きており、そのために芸術性をないがしろにしてもよい、としている。それは日本の小説の狙いがいかに生きるべきかという倫理的性質にあって、西欧の小説形態とは当初より噛み合わないものだとの認識を示すにいたる。広津の自覚に鑑みるに彼は、十九世紀の小説の到達点と、二十世紀の、これからの小説の歩みを複眼的に見据えている、と整は捉えている。さらにこれらは広津が日本の小説の現状をきちんと把握した上での論だとも述べていて、広津の果たした役割を重視している。それから戦前に広津は再度「散文芸術の諸問題」を発表する。ここで整が着目するのは、性急な受容を旨としてきた日本文学での「散文造型」では、入念に小説のあるべき姿を考察する時期に、いつも「政治の嵐に直面」していた点で、マルクス主義やその反動としての右翼勢力を挙げている。これらの政治的力のせいで、わが国の文学の近代性が窒息状態に陥ってしまった。政治と文学の論争が勃発し、プロレタリアート文学も台頭してくる。広津もそれを敏感に感じ取って、政治意識の濃厚な有島武郎が、それとは無縁の鏡花と違って自分の文学に専心できなくなってしまった、としている。

広津は一九四七（昭和二十二）年に、この種の文書では第三番目に当たる「散文精神について」を公にする。広津の所見の要点は、近代の散文は作家の生活と切り離しては存在し得なかった、というもので、著名な、「どんなことがあってもめげずに、忍耐強く、執念深く、みだりに悲観もせず、楽観もせず、生き通して行く精神」こそが散文精神なのだ。これらからみえてくるのは、私小説の正当化と（貧困に）耐える心、それに社会性が意図的にまで欠落していること、この三点だ。

この場合の散文を、私などは書き手の「文体」と解してしまうのだがどうであろう。卑見だが、文体とはその人物の思考の跡だろう。だから生活環境もひとつの起因なのはもちろんだが、広津の論考を敷衍すると、彼はそれまでの作家は自己の置かれた状況（環境）と自分の文学とを合致できなかった？　と疑問を投げているのではないか。それがようやく一致をみるにおよんだ。書き手だけが西欧の文学思潮の影響下で先鋭化しても、日本の市民社会がそれに追いついていなかったのが、そうではなくなりつつある時期にやっと到着した。

この論はいみじくも整の次の文言で反証できる。

私などのように日本文学のその時の実質を、つまり自分の創作の立っている現実と伝統の場を理解せずにヨーロッパ文学を吸収しようとした者たち……。

「お上りさん」という多少皮肉った言葉があるが、整は文学でのお上りさんで、西欧の新規な文学に飛びついて移入し紹介し実作し、挫折を身を以て痛感しているから、こうした弁がわき出てくるのだろう。そしてこれが日本文化の短所でも長所でもある。短所はいうまでもなく歪曲かつ（西洋の根本的精神を抜いた）浅薄な受容であり、長所はうまく行った場合、「日本化*Japanize*」して、日本文化の一端を担う役割を果たしている。

広津の見解に話をもどそう。

整の吐露からみても察しがつくように、日欧の比較でもあり、広津や整の背後には西欧文学の存在が歴然としてある。小説は「はみ出す」傾向を持ち、その内実たるや生活密着型だから芸術とみなすには無理があるのではないか。西欧ではこの論と似た論が作家や批評家によってすでに提示されている。博識家の整はこの件について熟知していた。

整の脳裡をよぎったのは私小説と本格小説という作品の内容での区別、それに、純文学と通俗（風俗）小説という作柄の差異のことだろう。みずからの立ち位置にいつも気を遣う整は、ここでも整理と分類を試みている。

即ち、真の現代文学（当時、二十世紀初頭）とは何か、という問いである。それは、自然主義文学の流れ、つまり作家の直なる「個我の問題」、「自伝的要素」、「現実の世界にたいする小説の責任」は三つに折り重なって、政治との関係の考察と、小説それ自体の形式への疑問を生む。この問いかけこそが現代文学が抱える課題であり本質なのだ。

総じて整はやはり「私」という課題から離れらない。ただ、現実の社会にも目配りを怠らないのが、伊藤整の伊藤整たる所以で、つねに市民社会や（戦後だと）資本主義社会に気配りしている。

チボオデの『小説の美学』に言及する前に、フィールディング、E・M・フォスター、フリップ・ゲダラの小説論に触れている。チボオデの見解はとても理にかなったもので、小説は耐えず進化して新鮮でなくてはならず、その上、それを実行するのは小説のなかで作者が意識してなすべきだとしている。小説の芸術的特殊性とはそれ以前の作品を破壊してゆく点にあるとする、マシュウ・アーノルドの所見も加えている。

チボオデはその代表例として『ドン・キホーテ』を挙げている。セルバンテス（一五四七―一六一六年）のこの傑作を読めば一目瞭然だが、主人公のドン・キホーテは旧態依然とした騎士道物語の倫理を信じてその倫理の具現者として世に出るが、現実がすっかり変化してしまっていた。それでも彼は騎士道世界に確信を抱き、現実の世界がまるで魔法の世界だと思ってしまう、その哀切や悲痛を主題として、小説のなかで従来の小説観を批判している。即ち、旧い小説を難詰することが小説作品の実体となっている。

これはラブレー（一四九四頃―一五五三年頃）の『ガルガンテュアとパンタグリュエルの物語』や、整は挙げていないがボッカッチォの『デカメロン』も同一の性格を持っている。『デカメロン』の場合はもっと強烈に現実の社会そのものの価値の転倒（パラダイムの転換）にいたっているが、それは従来の説話的諸作品を吸収して、近代小説の祖となり得るほどの内実の変容でもあった。主人公がひとりではないので、『ドン・キホーテ』との安易な比較は慎むべきだし、『デカメロン』の成立年が一三四八―五二年だったのにたいし、『ドン・キホーテ』が一六〇五―一六年と、二五〇年も離れていたのではむしろ比較するほうに無理があるかもしれない。イタリアでの初期ルネサンス最大の散文芸術が『デカメロン』で、ルネサンスがイタリアよりもおよそ一〇〇年遅れたアルプス以北の、それも、フランスよりも遅れたイベリア半島で生まれた『ドン・キホーテ』の作者はその遅れを取りもどすがごとく、作品の裡で一大革新をやり遂げた。そこに介在した要素として忘れてはならないのは、「笑い飛ばす」、という行為だ。

ボッカッチォ、ラブレー、セルバンテスと、各人生誕年に約一〇〇年のタイム・ラグがあるが、それぞれの国情の違いによって、作品の内容も狙いも異なるだろう。しかし「笑い飛ばす」という点では一致している。さらにそれらが男性知識人の慣用語であるラテン語でなく、俗語(イタリア語、フランス語、スペイン後)で記されたことがとても肝要である。飛躍かもしれないが、こうした民衆が書き話す言葉は女性によって用いられたのではないか。恋愛物語や騎士物語という女性好みの作品の登場と十五世紀半ばから活版印刷術の進展が、刷新的な散文作品の流布に貢献した。

新しいものは旧いものに寄りかかりつつも、それを批判し「笑い飛ばして」新鮮味にあふれる作品の誕生を促す。

造型ということ

二葉亭四迷がロシアの近代文学を学んで、自我の造型的な視点を伴った文芸を日本にもたらした。それが上手く日本では定着せずに、大正の末年の共産主義的理念が入ってきたときと時を同じくして、西欧文学の影響下で「自伝小説」が成立する。自伝には個我の描出が必須で、極論すると、その作家の自伝的要素なくしては作品は成立し得ない。したがって、作品には作者名が必要で、作者名のない作品は消えてゆく。

ここで整はダンテを持ち出してくる。『神曲』がダンテ自身が考えた秩序で世の中を裁き、自分は愛人と天国に入る、と。それを中世来の伝統で仕上げた。つまり、「宗教（カトリック）の道義を借りて身にまとうことでエゴの完全な発露を行なって、中世人の抑圧されたエゴの夢を実現。その方法はあくまで中世的だったが、そのエゴの確立がダンテを近代に突出させた」。そのよい事例として『神曲』の主人公名は書き手であるダンテそのひとである。ここに完全なエゴの発露がある。作者名を署名するかしないかでエゴの発露を整は見出している。ダンテがイタリア語で書いた点で近代的だ、と考える私の見解とはべつの意味での近代への突出部を整はみている。さらに整はボッカッチォをも引き合いに出して、二人の結びつきがエゴの外的実在との戦いとみて、後者によって近代小説の礎が形成された。そのあとに十七世紀のセルバンテスの『ドン・キホーテ』を挙げている。

次に整は、活版印刷術の発明が手づだって小説芸術が普及したと説く。それは小説が書き手にとって個人の解放、個我の確立に伴って誕生した分野だからだという。だがここに紙媒体が介在することで、読み手と書き手が、演劇での演者と観客とは違って、顔を合わせないという難題が生じる。だからこそ小説という分野の成立基盤が整う。西欧には便利なことに？　神という存在があって、ひとびとは罪ある声を神に訴えることだ出来た。ここに告白と懺悔が生まれる。これらを礎に、「人間社会の描写」、「欲情の展開」、「自己の内面の訴え」、「救いを求める呻き」、の四つを小説の核とした場合、その発露は自伝的要素を必ず含むことになる。となると小説の核心とは作者そのひとの秘密裡の告白に等しい。

これを私小説的要素などという言葉で安易に捉えることは出来ない。私小説をはじめとして、小説にはある種の必然性が宿っているという意味だ。

ここで整は整の持論であり、後の章でも論じる「秩序」の問題を持ち出してくる。「秩序」と「人間性」という括りなのだが、後に「秩序」と「生命」に置き換わる。

整は三つに分けている。

一、秩序が人間性より力が勝っていた時代。その個我は秩序（例えば、キリスト教社会）のなかへ逃げて仮の姿で自己を表現する。ダンテの場合。

二、書き手自体がその秩序から現世放棄するかボヘミアンのようになって、そのような姿で自己実現する。日本の私小説作家の場合。

三、個我同士が論理的関係を築き挙げられるのなら「造型」が成立して、相互に認め合いつつ秩序を形成して、新たな人間の自己表現を生む。

整は私小説擁護の立ち位置にいるが、社会的秩序も考慮に入れたいわゆる本格小説で、作者のエゴと秩序がきちんとした環境を与えられていたのなら、その際の表現の形は「独白的真実を基調」としており、自己表現の刷新となり得る。そして「羞恥」や「不都合」を隠すために「仮装」や「虚構」、それに「造型」が入用となる、と説く。

日欧環境論

「内なる声」をキーワードに、整は西欧と日本の「環境」を解析しつつ、近代日本文学の特徴を、「源氏」や「一代男」のような物語文学ではなく、「方丈記」や「徒然草」といった随筆風な出家遁走的文学が主流になった、と結論づけ、その過程で再度ダンテ『神曲』、それにボッカッチォの『デカメロン』の解釈を試みている。私の学術上の専門がイタリア・ルネサンスの文学文化論なので、整の解説は当を得たものでよくわかる。『小説の方法』の執筆時に、すでにこの二人の巨匠についての理解がこれほどまでに的確だったことは驚嘆に値する。英語圏のいずれかの研究者か批評家の見解の受け売りだろうか。ダンテとボッカッチォに言及する準備として、西欧人の生態についての整の見解が提示される。エゴを醜態きわまる体で己自身として直截に表現することを西欧人は出来かねる。だが、この種のエゴが庶民階級にある現実は認識しているので、自分のエゴではなくそうした種類の他者のエゴなら安心して（自分のエゴではないから）作品化できる。

ボッカッチォはダンテの作品に敬意を払い、フィレンツェで史上最初に『神曲』の講義を行なっている。しかし自分の仕事として選んだのは、市民や庶民、商人や下級騎士層などの身分の低い者たちを主人公にしたもので、『神曲』で登場する聖人君主などの高徳な人物を描写対象とはしていない。その点、両作品は時代を同じくして登場人物の面では補完の関係にある。もっと言えば、ボッカッチォの時代のペスト席巻後の社会では、宗教的戒律が単なる飾り、いや口実に陥っている。ルネサンス初期は気候的には寒冷期で、そのせいで食糧が実らず、栄養不充分、体力低下で疫病に簡単に斃れている。宗教的桎梏、肉体への眼差し、そういったものの認識からくる現実主義者ボッカッチォの誕生をみる。だが『デカメロン』を読めば即座にわかるが、そうした環境のなかにいる自分自身を、ボッカッチォはまだ描けなかった。

むしろダンテのほうが人間の内心の声を文字として表わして、作者のエゴを極限まで高めている。そして文学作品が社会の反映とするならば、謹厳実直なダンテの世界を笑い飛ばしたボッカッチォの世界が、小説作品そのものの姿を表出している。即ち、セルバンテスの『ドン・キホーテ』の項でも述べたように、文学作品とは前代の習慣づけられた思考や生き方の「批評」そのものであり、修正でもある。整はこれを「新しいエゴの呼吸」と表現している。文字通りそうだろう。そして「批評」とは「批判の韻文的なもの」と先述したが、さらに言えば、優れた作家の作品からその精髄を引き出して、人間の思考の可能性を探究する作業でもある。

さてダンテはカトリック世界の神に依拠することで、内なる声を、懺悔のごとく作品化したが、近代の小説は内心の声を実社会に向けて吐露することになる。自分の名を冠した作品でそれをすることは恐怖であり、道徳律にも関わることだ。ここで西欧近代の作家たちは仮装した。仮装することで自分だとバレないように仮面をかぶった。そうすることで世俗の顔を保持し得た。ここに作為が生まれる。それゆえ「小説は思考の芸術であって、それと極めて似ているが、思考の論理ではない」という整の文言に頷かざるを得ない。ここでの「思考」は「作為」を含んでいる。

各人（登場人物）が内心の声に基づいて発言し、行動するということのみに規準を置けば、ダンテの世界とドストエフスキーの世界は相似形だ。人間が究極的に雄、雌という次元までに考えがおよぶとするなら、潔癖な人物ほど自分の裡なる、善にたいする悪を許せない。

日本人の作家たちの場合、惨たらしいエゴを告白調で描いたが、社会性を持たないエゴの発露で、この現実から逃げおおせた上でのことなのだ。虚構への不満があったとみなしてもよいだろう。なにせ、随筆や日記文学の風土で、羞恥を何とも思わず、社会からの逃亡者たちの作品なのだから。西欧の物書きはいざ自分の名を冠した作品を公にするとき、恥をさらさないようにと虚構（物語という擬態）を重んじ、仮面をかぶったのは言うまでもない。

キリスト教の意義

もし「思念」や「情念」に、「おもい」とルビを振って許されるのなら、実にそれがあてはまるのが、整自身の堅固で肌理細やかに詰まった文章である。氷のような冷徹さで近代日本文学の「悲運」を凝視している。それは「造型性」と「宗教（特に、キリスト教）」の欠如がもたらした「悲劇」とも言えようが、見方を変えればそれが近代日本文学の特色でもある。

「文壇」という特殊な世界で暮らす作家たちに関する予備知識があれば、互いにわかり合えることになっていて、作品が一種の生活報告であって思考されたものではない、ということだ。もちろん自然主義系統や白樺派の大部分、それに告白的私小説作家たちで構成されている「文壇棲息者」と、鷗外、漱石、武郎といった「文壇外棲息者」、これらに荷風、潤一郎などの「独自の作柄」の作家たちはべつである。

整が問題とするのは大多数を占める「文壇棲息者」の方で、これら一群の、生活報告的自伝作品が、二十世紀の初頭に成立したのを、十九世紀のロシア文学の隆盛と比較検討して解明を試みている。そこで疑問視するのは、ロシア文学の発生と酷似している日本文学に、なぜ、「造型性」が備わらなかったか、という根本問題だ。

まず、リアリズムについて青野季吉の見解（『文学の本願』）を援用して、近代日本文学はそれを「文学上の方法」として享受したのではなく、「いかに生くべきか」として捉えたとする。これは理想生活追究者である左翼系の作家たちが引き受け、「文学上の方法」は新感覚派の作家たちに受け継がれていく。だが、ここにロシア文学が築いた「造型性」という課題は解決にいたらなかった。

ロシアは政治的に閉ざされた空間だったが、有産の知識人がおり、彼らの集うサロンがあった。片や日本では富裕階級が商業家族に限定されていて、実質的な知識階級が誕生しなかった。つまり、思考する文学への関心がなかったことになる。

それでは「造型性」はどうかというと、ロシアにあってはキリスト教（ロシア正教）によって倫理観が培われて、守護すべき「個我《エゴ》」があり、それを破棄して生きるなど想定外のことだった。だが、そのエゴ自体にもそれが有する思考の耐えうる限度があるが、思考はその因子があってこそ進展する。帝政ロシアでは政治的実践活動が奪われていたけれども、そうした知識階層は自己の合理化と、自己の存在の特権となる階級である奴隷たちを所有し、その間の緊張感で創作に勤しんだ。もし、安定や調和を失いそうになれば、そこには宗教がきちんと存在しているので、頼るか妥協するかなどの選択が出来た。

他方、日本文学は社会の底辺で飢えと肉欲の醜態に接しながらも、心境小説のような、それなりの低い位置からの清澄な作品は生んだが、造型的作品には到達しなかった。なぜなら、一部の作家たちを除いて、大多数の近代日本の作家たちは現実社会へ配慮を欠き、言ってみれば、外部に目を向けないエゴなので、現世を自覚して造型してゆく作品を書くことは功利的であり、それを堕落と捉えた。堕落意識からは無しか生まない。

最後に『源氏物語』を挙げて、造型性が周囲の環境によるとして、この興味深い章を整は閉じている。キリスト教の有無は、西洋文学を研究する際に、旧教新教にかかわらず重くのしかかってくる課題だ。

個我と文士

「個我」云々は整のオハコの感が強い。いずれの章もそうなのだが、ここで言及している藤村や秋聲には私自身も関わったことがあるので、そういう意味でも親近感がわく。

三つに分かれた論だ。最初は例のごとく「文壇ギルド論」、二番目に藤村を例にあげて「(社会)との調和論」、三番目が「秋聲を事例とした(社会)放棄論」だ。いずれにも個我とか造型とか、これまで頻繁に出てきた術語が関わる。

最初のは、もうおなじみの私小説論で、「文壇というギルド意識から抜け出せない職人根性」で始まる。漱石のようないっそう幅の広い知識人層と交流があれば、「余裕派」とも称されただろうに、一般読者とは無縁な特殊生活者の群れ、即ち、現世からの、虚構上での逃亡者ではなく、事実上ほんとうに逃亡して、そこに「自由なる人間の影」をみて、それに憧れるひとたち(特に青年たち)を指す。

整は「文士」をこう定義している。「日本の社会道徳圏外の、一種の生活不能者であり、特殊地帯人であって、まともな生活意識を欠いたもの」と。『広辞苑』では「文筆を職業とする者。特に小説家」とある。どちらが正確かは判別できないが、日本でのそれを言い当てているは整のそれであろう。この者たちの実践(いまでいう、パフォーマンス)の場が、文壇ギルドで、個我の可能性が社会まで達せず、その思想が社会全体に根づかなかった。

二番目の藤村は鷗外、直哉の三者のうちから、整みずからが選択している。藤村の文体を「挨拶の言葉」とする、整の有名な文言がある。即ち、幼少期から親戚に預けられ「食客」身分で育った藤村は、厭が上にもそうした世俗社会の親類たちと儀礼的関係を築いて生きてゆくことになり、ギルド的な作家たちとは異なった、文学者でありつつも、そうではない実社会と交わり、調和させなくては暮らしていけなかった。親戚たちは外部の世界のひとたちだが、藤村の個我は彼らと折り合いをつけねばならなかった。それが文体に反映して「挨拶の言葉」となる。整はこう締めくくる。

逃亡もせず、訂正もせず、革命もしなかった、ストイックな資質で、社会と家族との矛盾を（藤村は）抱擁しようとした。

最後は秋聲だ

前期の「黴」（一九一二〔明治四十五〕年一月）と後期の「仮装人物」（一九三五〔昭和十〕年）の二作を検討することで、この文壇で最も自然主義的な作家を論じている。実は私は一九三三〔昭和八〕年作の短篇「町の踊り場」について短い文章を書いたことがある。年譜と照らし合わせると後期の作品に入るだろう。そのときの印象は鮮明で、不思議な作品だ、と思ったものだ。解釈に困難を覚えもした。

整も「黴」に遠近法や造型性をみているが、「仮装人物」は、そうした手法への配慮に欠けるとしている。「一種の特別な無関心さ」で描いているために「方法（手法）」が消えてしまっている、と。起こっていることを並列に書いているだけで、奥行きがなく造型性をも拒否している。即ち、「造型をも放棄した無関心さ」と述べ、そうした作家はみずからのメンツをも拒否した、放棄を念頭に置いた書き手だとしている。

「町の踊り場」も、随筆的だ。これは随筆性の強い作品ということではなくて、作品そのものが随筆と化している。

以上、三つに分類していたが、「放棄と調和」といった二分法は整の批評の特徴で、「逃亡奴隷と仮面紳士」、「求道者と認識者」、「組織と人間」といったような類語を生み出す。こうした手法には動的ではなく静的な印象を受けるが、理解や把握の水準ではとてもわかりやすい。

署名の有無

究極のところ「署名」がキーワードだ。作品に自分（著者）の名前を署名することで、そこに自我作用が発生して名声をも求めるにいたることを中心に論じているが、シェイクスピアをひとりの作者とは位置づけず、多数ある作品の集成者として扱っている。整の時代の研究の成果がここまでなのか、その後研究が発展して個人としてのシェイクスピアの存在が確認されたかどうかはべつとして、整の論点は署名した人物とそうしなかった作者の差異に向いている。

冒頭では古代ギリシアと日本との類似点を述べていて、両者ともに異教徒で自然との調和のなかで暮らしてきたという。ただ、唯一の相違点は、日本人が西欧文化の功利的な面だけを会得して論理の純粋面を受容しなかった点を指摘する。そして存在するものすべては神も人間も純粋なものはいない、という命題を掲げて、ギリシア的世界の、悪の認識、人間の弱点の許容、個我の執着、冷徹なエゴイズムといった非キリスト教的人間観を、ホオマアの世界を例に語る――仲間たちを食い殺された水夫たちが、その直後に泣きもせず嘆きもせず、島に上がって満腹感を得てはじめて涙した――この惨たらしい現実感覚が古代社会で芽吹く（ホオマア的冷酷さ）も、これは（ユダヤ教とその変節である）キリスト教の愛の精神とは相反するものだ。キリスト教では罪意識となる。

ここまで話を拡げてきた整の思いはすでにはっきりしている。整は異教徒である日本の自然主義作家を例示したかったのだ。ホオマア的態度が彼らと通じるというのだ。それも日本の作家たちは他者に向けてではなく自己の内部にたいして行なった。泡鳴や秋聲の「自己暴露」をみよ。現世を棄て体面も破棄したが、それにキリスト教的倫理性から自由であったからこそ可能だった。自己のなかにのみ生まれた事実ゆえに、虚構も造型性も不用で、「日本的現世放棄の極点」とさえ整は言い切っている。残るのはもはや原質的な人間性だけとなろう。それゆえ、描く対象は、作家そのひとであり、その体験であって、作家の思想も体験から得た思想も霧散してしまう。したがって、近代日本文学には時代を代表する典型的人物像は想像されず、自己の属する社会を、結果として遠ざけることになってしまった。ここで整は「イデエは生まれ得ず」と「イデエ」という（おそらく「イデア」の意味だろうが）という言葉を盛んに用いているのだが、一考するに「内実の伴ったものの考え方」くらいを指すと思う。先に日本は西欧文明から功利的な面だけを取り入れて云々と書いたが、これは内実を抜いた状況を示唆しているに違いない。「イデエは生まれ得ず」とは、ついに中身（内実）の発露の機会がなかった、いや内実そのものすらつかみ得なかったという、きわめて熾烈な見解を整が述べていると考える。それほどまでに近代日本文学にはギリシア的な、人間の普遍性を描いた作品が欠落していたというわけだ。言い換えれば近代日本文学は反普遍的文学作品を生み出した、ということに落ち着く。これは褒められたことではない。

さて本項の主題として掲げた「署名」に関してだが、キリスト教作家のなかで署名せる作家の代表格を、整はダンテだとし、署名せざる作家の筆頭をシェイクスピアとしている。ダンテについては後の章でボッカッチォと比較しながら論述しているので、ここではその要点のみにだけ言及しておく。作品（自作）に署名することであらゆる責任が生まれ、自己と社会を結ぶ方途でもある。日本の作家たちは社会から逃避しつつも、それ自体がひとつの処理方法だったので、その意味で社会と結ばれていた。

片や、シェイクスピアはダンテのような強烈な「個性」のような下に生きた人物ではなく、集合的な存在のなかでの象徴的人物で、「超作家性」、「没個性」によって、ホオマア的な存在にも似て、キリスト教的な「我」の責務を介さなかったのではなかったか。シェイクスピアが実在していたかどうかは問題ではない。彼の署名行為への態度が肝要なのだ。もしダンテのように（登場人物までにダンテという名を与えたほどの創作家ならば）もっと栄誉に充ちた人生を送ったかもしれない。

というのも、このあとに続く整の記述はそっくりそのまま（イタリア）ルネサンスの知名人たちの思い（名声への根強い憧憬）に通ずるからだ。もっともルネサンス期にはまだ「芸術家」という術語はなく、強いて言えば、あのひとは絵を描く職人さんだ、くらいには表現されていた。まだまだ職人の域を出ず、普通、レオナルド・ダ・ヴィンチが職人の地位を芸術家まで高めたと言われているが、職人的画家全員がそういうわけでもなかった。ともあれ、以下の引用では、ルネサンス期の職人芸術、その者たちの庇護者をも含めて芸術家として読んでほしい。

　芸術界は新しい生命の発見者として自己の名を名乗ることにおいて更に高い生命感を味わう特殊な人間。――すぐれた作品の作者という「名声」の形において、彼は二重の、いな相乗の味を味わう。これは芸術作品に作者の名を冠することが行われるようになってから、人間が見出した生命感の頂点である。

いかがであろうか。「生命感の頂点」とまで言明していて、さらに、創作活動が生の場の発見というよりはもうすでに、名声の欲求のためにある、と結論している。しかし名を背負うことで作者は道義的責任を負うことになる。となると、ホオマアやシェイクスピア的な「改訂者として」の「無署名」な無名なる、残酷で冷酷な心的状態で、芸術家たちが必然的に生きにくくなってしまう。とどのつまり、ある意味でキリスト教的枠内で創作することが安泰への道と等しくなる。

日本を例に取ると、「明治以来の日本の作家で、人間の問題を神の場で解決しようとした者は殆ど見当たらない。通念としてのキリスト教に入って来ていても、実践的思想としてのそれは日本の近代文芸には入って来なかった」。換言すれば、西欧文明で過去にあった、ヘレニズムとヘブライズムの対立の痕跡もとどめず、生活様式のなかにキリスト教的要素を溶け容れさせられなかった日本が受容できる、西欧文芸の容量や内容には限度があった。その無理がたたってか、近代日本文学は社会的環境を造型できず、いや造型を遺棄した。そして、社会を無視して、描くに値する自分を描いて生の実験材料とした。これが私小説的方法の極北である。

ダンテを考える

前項の続きである。つまり、作品に作者の署名が入ったことによる微妙なエゴ意識の変化を論じている。それと以前の項でセルバンテスに言及した際、『ドン・キホーテ』自体がまえの文学に別れを告げる批評であったと解説したことと同じ内容を、ボッカッチォの『デカメロン』に見出している。成立年代は『デカメロン』の方が二百年早いが、『デカメロン』で描かれる現実社会の転倒によって価値観が一変（パラダイム・シフト）して、世界観の変換が生じたことを雄弁に作品が語っている。『神曲』が『神聖喜劇』という正式名を有するのに反して、『デカメロン』が『人間喜劇』とか『商人の叙事詩』と呼ばれる所以であろう。だが整は、あくまで『デカメロン』を説話文学の集大成とみており、ホメロス型の作品の掉尾とみなしている。『デカメロン』から五十余年遡ったときに編まれたトスカナ方言（現、イタリア語）による初めての説話集『イル・ノッヴェッリーノ』は篇者未詳で、これこそがホメロス型の最後だと思うのだが、整は興味深いことを述べている。それは『デカメロン』とて当初は町や辻で文字の読める者が本を広げて街ゆくひとたちや、聞きに集まってきたひとびとに語り聞かせたという。これは私自身、イタリアの名匠フェデリーコ・フェリーニ監督『デカメロン』の冒頭のシーンが、地べたに腰を下ろした老人が『デカメロン』の小話を読むところからカメラがまわっていたことで記憶に鮮明だ。次に、アンドレウッチョの話が始まってゆく。まさにホオマア的な、近代小説の祖と言われる『デカメロン』でさえ、作者なる人格（創作しようとするひと）の意識よりも、神の意にしたがうという着想のほうが優先される。『デカメロン』と言えども、これまでの説話の集大成（幾本の説話という川の注ぎ込んだ湖にも似た存在）だから、徹底的なエゴの発露とはならなかった。だが、ダンテとボッカッチォの視点はまったく正反対だ。

整はそれをうまく整理している。二箇所挙げておく。

同じ中世の教会的な秩序の虚偽を担うことから出てダンテは知識人のエゴの表現を目的にしたが故に冷静に権力を利用し、私生児のボッカッチォは庶民的な発想の中より身辺な発想を感じたが故に嘲笑し暴露したのであろう。

ダンテによって利用された仮構の秩序（所謂、地獄、煉獄、天国。こうした仮構は事実よりもさらに完全にエゴの充足をもたらす）は、ボッカッチォの作中の人物が、同様に利用してエゴへの充足を行なったと同じである。この極めて対蹠的な二人の作家が、秩序に対しては根本的において同じ態度を取ったのである。ダンテは作品の陰で、あの苦虫を噛みつぶしたような、しゃくれた、唇の薄い顔でにやりと笑ったろう。その次のボッカッチョは公然と、もう大丈夫だと大口を開いて笑った。

ボッカッチォの立ち位置はわりとわかりやすい。彼には「笑い飛ばす」という「芸」があった。しかしダンテとなると多少とも複雑だ。この人物はホオマア的世界と近代的署名作品の間に位置していて、自作品の主人公に「ダンテ」という作者名を（おこがましくも）付しているからだ。そして多くは地獄で「神の名において」人間関係の裁断を行なっている、しかもキリスト教の神の名の下で。

　ダンテはホオマアやウェルギリウスの発想に寄りかかりながら、みずからの名で、罪人たちを断罪した、いわば「手品師」だ。片や、宗教と宗教的芸術だらけの中世世界で、それらに屈服することなく意図的に利用したことで、胸にすとんと落ちる心地よさを覚えたことだろう。

　結果として、『神曲』におけるダンテのような存在が作家の理想なのではないか。というのも作家はどこまでも自分の性格で作品の主人公たらんとするからだ。自分のエゴで自分の生きる時代の精神的秩序の主人公になれるわけだから。これにたいしてボッカッチョは高徳者、優越者、など既存の秩序を悪用してエゴを伸展させる者たちを決して許さない低俗者の発想を足場とした。


　フロオベルやスタンダール、デフォーやロオレンス・スターン（この作者の『トリストラムシャンディの生涯と意見』は整の所見は第Ⅰ部で言及済みである）についての卓見も述べているが、なによりも「散文」の性格を記した一連の文章が秀逸だ。私なりにまとめてみよう。即ち、散文とは文章表現のひとつだが、韻文と異なる点は、功利的な人間関係の規定としての役割を多々有していることに特徴がある。

生命と秩序

「散文精神」に関してはこれまでも言及してきたが、整はここで再度まとめを試みてそれを造形性の有無につなげている。私小説作家の在り様がまず出てくるのはもはや定番で、彼らが文壇で、描く前に生活をするのが第一義で、その手記を作品化していると暴露している。ここにはマルクス主義信奉のプロレタリアートの作家も生活の記録という点では、私小説作家と同質とある。そして両者ともに作品に必須な「造型」を拒否している。造型の件はまたあとで触れるとして、私小説作家と、大正の末年頃から入ってきたマルクス主義作家の在り様が結局同質であることを整は鋭く突いている。

私小説作家はこれまでも出てきたように、貧困・愛欲・現世離脱による純粋化と俗人である自己との戦いがある。マルクス主義作家は、成功の見込みのない革命運動、検挙、拷問、裏切り、転向を繰り返す生活を送る。この両者の生活報告書として、いずれも同じ水準の作品が生み出される。これらの作品はとうぜん散文で書かれているが、小説としての芸術性よりも、切実な人生それ自体に起因している場合が多く、そうした性質のものとみなされる。

言うまでもなくこれらの作品は、文壇という閉鎖的な場で成り立つ。そこは生活の場でもあり、そうした意味において閉ざされた「理想的な俗世間」足り得る。こうした世界内であってこそ、あくまでその世界で、「どんな事があってもめげずに、忍耐強く、執念強く、執念深く、みだりに悲嘆もせず、楽観もせず、生き通してゆく精神」が有意となる。ここで「散文精神」の「精神」が文壇ギルド内での「精神」であることが判明する。これは実社会でも通用しそうだが、熟読するとかなり純粋な文言だと気づく。なぜならここでは、実利的な現世の生活人のにおいはせずに、あたかも武士道や空手道のような、生活道を求めてゆく求道的精神が垣間みられ、それを作家たちは歪めることなく書き連ねるそうした精神をも、散文精神の領域である。さながら苦行僧のような、苦行で自己を鍛えた求道者が、みずからを凝視するのではなく、僧院の窓から外をみる目、この位置が私小説作家の目線を指している。芸術を愉しむというよりも、人生をすべて引き受けて、悲観も楽観もしない、生き抜く姿勢が見て取れる。

世俗世界から身を引くことで自己を純粋化して、絶対的な観察者の精神を持つこと。これこそが、密閉された上での「散文精神」である。これはその芯まで日本的で、ヨーロッパとは異なる。西欧人は当初より俗世に身を置いており、その位置のまま作品を練り上げていくので「造型」が必須で、完成した作品は三次元の「立方体」で奥行きがあるが、日本では、世俗と交わらないがために、俗世間との戦いも和平もなく、その俗世を放棄して、文壇という小さくて狭い世界に逃げてくる。そしてその文壇内でのみ戦いや和平が起こる。

繰り返すが西欧の作家が社会の一員で、現世に居場所があるから俗人であるのにたいし、日本では俳人の生き方や手法にみるように、写生や出家遁走が可能な、純粋無垢な文壇での散文精神を生きてゆくことになる。

さらに整は散文精神に言い募って行くのだが、その前にお得意のダンテ論を挟んでいる。

ダンテについては、作者未詳の説話群と作者名の冠された近現代の作品との間をきわめて上手く取り持った「手品師」といったような表現で表わしている。これはすでに述べた。ここでは再度ダンテが「仲介者」の役目を負って登場する。仲介人だから、橋の役割を担っている。右と左の二つにその立場を代表する考えや人物がいる。ここでは世俗界と宗教界に分けて、世俗人がトルストイ。宗教人ではないがその境地に立って作品を書いた人物として徳田秋聲を挙げている。その二人を比較する上での基準は造型性の有無である。つまり奥行きのある「立方体」を指し、宗教的の方は純粋無垢でレンズのように一点集中型だ。

この両人の間の隘路を通りやすくするのが、ダンテの存在だという。

その文言は「生活全部において宗教的一元人として自己を作り、そして裁断者として実社会に生きること。そしてそういうものとして自己即裁断された社会を描くというダンテの存在」である。

実社会人としてダンテはカトリックの熱心な信者であり、政争でフィレンツェを追われた政治家でもあった。もちろん詩人でもあり、『饗宴』などにみるように百科全書的人物でもあった。『神曲』はある意味で、ダンテの生きた時代までの高徳者、聖人、高位な貴族列伝とも取れる。ダンテは政争に敗れ、国外追放された政治犯である。彼は裁かれた自分を礎に社会を即裁断して『神曲』を描いた。そこには裁断に値するだけの「造型」が入用だ。だが、裁断することでせっかく造ったもの（造型されたもの）が壊されるのが目に浮かぶ。『神曲』でダンテは両方をやってのけた、というのが整の見解ではあるまいか。そこにはもちろん「裁断する」というダンテのエゴと（神からの）意思が関わってくるはずだ。整が『神曲』を、作者ダンテが作中でダンテとして登場してくる新鮮さと同時に、そこにダンテのエゴを見て取ったのがようやく得心できる。「裁断者」は相手を切るとともにわが身をも切ることになる。痛み分け（＝引き分け）以上の二重苦だ。

こうしたダンテの存在が西欧と日本の間の安全な抜け道だと結論している。

奥行きのある立方体の西欧文学と、造型を拒絶してレンズにも似た平面の世界の日本文学（私小説）。三次元と二次元の世界の差。それを取り持つダンテの文学世界。ダンテを介しての両者の共通項は宗教だ。二次元の世界の方は、その創作作法が修道僧に酷似しているという点で宗教「的」であって宗教者そのひとではない。

ここから再度、整は散文精神の解明へと立ち向かう。

日本の文壇作家は修道僧並だから、自分の行為だけに関心があり、実社会への理解度が低く、近現代社会の劇的な変化に無縁で、自然も社会も己の純粋さと確実さを確認する術としてみている、つまり、いつの間にか、修道僧から「傍証者」に変身を遂げ、それが結句、「造型」の放棄へとつながる。そして造型可能な作家として志賀直哉を挙げる整だが、これは整の志賀直哉観が、正確さという点で直哉がずば抜けている、という論を整が志賀論で展開しているゆえもあろう。だが、志賀を、「自己を受容させる環境と気質とを持っていた、原罪意識なき合理主義者」と位置づけ、それを彼の限界として、描く対象が家庭と友人のみと強調する点は、多少とも行き過ぎの嫌いはあるものの、頷けないわけではない。

「造型」の放棄者、いや、意図的放棄者として正宗白鳥を整を登場させているのは、やはりと膝を打つ思いだ。これまで何作か白鳥の名作と言われている作品に挑戦したけれどどの作品(例えば「何処へ」など)も読み通せない。私の方に否があるかもしれないが、また肌が合わない苦手な作家なのかもしれないが、整の論を読んで「造型」を意識的に放棄して、その理由が、文壇での「造型」の無意味さを知悉していたのが白鳥だとわかって、納得できた。白鳥の仕事は評論家として高く評価されている面がある。そういう種類の人物は自覚の上で創作を棄て評論に向かうものだろうか。

したがって白鳥のような作家を除いた文壇作家(宗教的修道者、及び、傍証者)たちの書くものは文壇関係者に向かっては生活報告であり、文壇以外の読者層には、その修行ゆえに純一無辜に映って静止した湖面のごとくだ。こうした精神構造をも称して整は「散文精神」と呼んでいる。即ち、彼らは自身のなかの「俗」に目をつむりえぐり出すことをしなかった。読み手が書き手にたいして持つ知識を用いて「造型」を行なった。これが定番となってゆくのだが、日本の作家の「造型」能力の欠落を直截意味するものではない(谷崎など「造型力」のある作家の存在は認められ得るからだ)。

ここまできて整は次にとても重要なことを述べている。

日本人の衝動の文学的原型は、現世放棄的実践の西行と芭蕉であるが、作品としては遁世と心中で結末づけられる西鶴と近松の諸人物である。

こうした伝統を持つ日本文学を受けついだ近代日本文学のそれなりの奥の深さを西欧の文学と比すれば、西欧では俗なるものが、産業革命以後の物質的繁栄にともなって、その存在自体が拡張して、はたまた巨大化した社会に絡め取られた人物像が想像できよう。

以後、散文芸術についてさらに深く整の筆は進んでいくのだが、注目すべきは「秩序」と「生命」についての論議が加わってくることだ。

まず、散文芸術を再論するまえに、芸術に関して改めて見解を述べている。即ち、芸術が安定した過去の生命の燃焼の結晶で、常に（俗な言葉で言えば）安定志向であることで、過去の出来事を知り尽くし、それを材料にして成立することに強く恋着する傾向にあること。さらに現世の功利的な道具である言葉を用いる芸術であり、ここでの「功利性」とは「現実性」、「リアリティー」と同義であること。音楽の素が音であるように、文学作品の素は言葉であること。もっというと、抒情詩では言葉そのものの「響きと意味の美しさ」が基本だが、散文では言葉の功利的な（現実を反映した）「意味」にある、ということである。

真剣に現実を処理し、判断し、報告し、告白という生にたいする真面目な思考を決定づけるのは「倫理」でしかない。芸術の目的として挙がるものがあるとすれば、それは人間性の救出と確立だ。だから芸術の秩序は功利的（現実の）秩序と同じ方向に進んでも、現実世界のそれが止まるところでは停止しない。べつなところで止まることになる。それは言葉による芸術だからで、他の分野の芸術家が公然とやれることを、散文家は常に「秩序」保持者に遠慮、あるいは目をかすめて書かざるを得ない。ここで「秩序」が加わるのだが、あえて言えば、言葉による表現を邪魔する存在とも取れよう。

整の定義（「秩序」と、その反意なる「生命」）について――。

秩序は社会保全のための必要物であるが、極点まで生命を味わおうとすると芸術の衝動は当然それに叛く。

生命は秩序を常に越えようとする。人種、民族、死、性、美醜などという肉体それ自体の条件を越えようとする。生命は抵抗物を見出すときに現われるもの。

「秩序」と「生命」の二項対立を言明しているが、この二つが「調和」したときにおそらく秀逸な作品が誕生するかもしれないが、文芸作品ではその種の「調和」は絶えず新たな不協和音で脅威にさらされ、崩される。ダンテの調和は夢幻劇『神曲』でのみ成立する。即ち、現世的現象から距離を置いたときにだけ成り立つ。

最後にまとめとして私小説論を軸に締めくくっている。

私小説では、作者自身の作家的価値がほぼ常に究極の人間的価値と映る。作家のみが現実社会から逃亡できる生命保持者で、その代替物または仮装物を社会に求めない。つまり造型の拒否だ。これはほかでもない、日本の仏教が退嬰し、キリスト教の通念化が存在しなかったことが原因だ。それはとりもなおさず、一神教的な神の存在がなくて「自然神」が日本の作家にとっては最上神であった点。それゆえ、「日本の近代は自然神を持った近代」である。

有機的な花

「スタイル」とは「文体」の意味だ。文体は「思考の様式」であって「方法」ではない。さらに言えば、文体とは個我から流れ落ちて現象へといたる「液体」だと述べている。抽象的な言い回しだが、現象とは文字化された作品であろう。液体は思考の流れで、その書き手ならではの特質を指す。私は生の律動ではないかとも考える。息吹と言ってもよい。

整は続けて自然発生的な、即生活的な文体は決して存在しないと言明し、茶室の例を挙げている。茶室とは農家形式の遊戯室でもなく模写でもない。生活内要素から美的なものを抽出し純粋化して形を与えた造型である、と。この事例はとても説得力があってわかりやすい。それは茶道という芸道（芸術）が現実の貧しい農家のたたずまいとは異なることを示していて、文芸作品の、たとえば合理性が現実社会の合理性とは同じではないことを示唆している。少し飛躍するが、ならば文芸作品の文体は、方法（手段）ではなく、書き手は文体作成自体を目的とすべきことになろうか。

整は前項でも書いたように「生命」をきわめて重視するひとだから、作家の存在を、功利的な合理的ものを除いた存在として考える傾向にある。即ち、「生命的機能（者）」、「その時代の生命的な頂点」、「有機的な花」として。

こうも言う。作家とは「有機的な生命の具体者（具現者？）」としてみて、「倫理的な合理性の代弁者」としてみなさないという立場を取る。しかしこれまでの記述を読むかぎり伊藤整なる人物がとても倫理的なひとで、『小説の方法』自体への評価のなかにも倫理的すぎる評論というものもあるくらいだ。だが、さすがに整はそのあとすぐに、「でも作家は意識においては、倫理的合理性を擁護（する）」と付加することを忘れない。こうした立ち回りはダンテを「手品師」と解釈したその手品師を整が地でいっていて、興味深い。そして手品師の真骨頂をみせる——「創作行為は決して作家の生活せざる倫理的な領土には育たない。それは生命の伸びる蔓草のように光に手を伸ばす木の枝のような、食物をあさり、異性を求める動物のような癖と身振りの中でのみ育つ」と。作家の生活している倫理（観）でしか生命現象（＝執筆行為）はないと言明している。この反映が文体ということにもなろう。したがって文体は作家が独自に決めるものだが、今度は逆に、その文体が作家を規制することとなる。相思相愛であったらよいが、愛憎の念が激しいときにはいずれかが白旗を挙げることになりかねない。

泉鏡花の重要さ

続いて日本の出番である。冒頭の前置きめいた頁に泉鏡花の分析をして、その後の展開の布石としている。鏡花はまず、小説の「方法」を考えた作家たちのひとりとして登場する。他に、谷崎、春夫、豊島、室生、川端、牧野、梶井とある。この作家たちは生活自体を充分に考えたものの、その素朴な報告だけには満足せず、生活から自分の方法に合う対象を選択した点で共通している。ここに当然、鷗外や漱石がいてもよいはずで、二人はあとで詳述されるが、この段階で整は、両人とも社会的地位のある、官吏（ドイツ帰りの軍医）と紳士（英国帰りで大学教授である知識人）ゆえに、虚構を表現する西欧的方法を心得ていた。

それから荷風、漱石、芥川、谷崎、直哉、マルクス主義作家、三つ目のタイプの作家（有島、菊池、滝井）と筆が進んでいくのだが、その前に鏡花と鷗外について（最終的には相対立する作家として）分析していく。鏡花を「感覚派」とすると鷗外は「論理派」となる。

鏡花の功績として、日本の封建的な秩序内での残滓となって芸術にもおよんだその体制を否定して、高い次元で追跡し、必然的に現実から遊離させた。もしエゴを論理的に現実の場に定着させようとするのなら、純粋化の困難さに気がつくはずだが、鏡花はこの効果を散文に集成して、新しい方法を打ち立てた。片や、「論理派」の鷗外は、「小説の方法」を思考の論理化と小説構成の側から行使した人物として評価している。そして漱石が一時期鏡花の影響下にあったこと、谷崎がほぼ鏡花と西欧文学（の肉体的人間関係）との結合から出発したとみている。そして鷗外は医師という職業柄（医師）当初より自然科学者の視線に立ち、小説を構成面から型を創造し、文章を感覚面から深追いすることはなかった。小説を客観的実証性で純一化しようとした。鷗外は軍医総監という最高の地位に就いたひとだから世間体があり、身辺に題材を求めることはしなかったし出来なかった。

次に第二に挙げた作家たちを論じていく。

荷風はフランス留学の経験者だが、近代日本での自己確立の無理を自覚していた。フランスから日本を俯瞰できたからだろう。私はこれまで荷風の作品と谷崎の作品がどこか似ているとずっと思っていたが、整の次の指摘でその類似と差異に得心がいった。「荷風が鏡花の系譜を引く感覚造型者潤一郎と似ているように見えて、もっと粗雑な文体を持っているのは、荷風が感覚を高い次元まで追うことができないからである。荷風の思想の秩序は論理の方に、批評の方に属している」。こうした分析を可能とする整の批評眼に感じ入ってしまう。これで一辺に謎が氷解した。なるほど荷風の著名な日記は批評精神にあふれている。

漱石は現世放棄者の作品である俳句から出発しているが、「紳士」であったから現実逃避は出来ず、終生『夢十夜』にみる剝き出しの生と「紳士」の間の内訌に苦しんだ。『道草』（これは自伝的作品である）で何とか確執を調和へと導き、未完の『明暗』でこの葛藤に構造を与え得た。

芥川は悲惨で、鏡花的な美と鷗外的な論理の世界を往来し、その位置を定められなかった。つまり、感覚的な美を日本文で追えば論理的な人間像を見失うという論理的矛盾に遭遇する羽目になり、その後今度は逆に、論理を感覚の秩序に置いてみるが、それは破局へと向かうことになる。谷崎は、伝統美の故地である関西圏（芦屋）に住み、その地の伝統に浸って創作する。鏡花の系統に乗って西欧的手法を付加して「感覚自体の論理的な構成」を樹立した。こうした谷崎だが、もし彼の存在が近代日本文学になかったならば、とてつもない空白が日本文学に開いたことだろう。志賀直哉の作品には心境・身辺小説に限らず小気味よい短編（傑作）もある。おそらく私小説的ではあっても完全にそうではなかった。その理由を整が解き明かす。

彼は論理の世界から思考の延長として当然造型をしたが、原則として自己の主格を分析せず、環境と論理的な人間関係に整理する努力をする戦う人間として自己を描いた。彼は常に自己を芸術家としてよりも正しい人間として意識する。

これは卓見に思う。理解に苦しむ名編「范の犯罪」の裁判官の無罪判決は奇異だが、直哉自身が正義のひととして作品内で裁く役目を演じているとすれば得心がいく。マルクス主義作家（プロレタリアート作家）の場合（整と同郷の小林多喜二が念頭に浮かぶ）は、生活面では苦行者（私小説作家的）で、作品の傾向（影響を受けた作家）は、多喜二の例をみるまでもなく志賀直哉だ。直哉に正義感を感じ取っていたのだろう。

三つ目のタイプの作家。まずは有島武郎については、アメリカ生活の体験から普遍的な善意の展開を提起したが、日本的現実にぶつかって砕け散った（心中で死去）。菊池寛の場合は、ブルジョア自由思想の実践型となる。滝井孝作は、「現世処理自体が芸術であるという究極の意識と化した」ゆえ、『無限抱擁』以後、執筆の動機を失うことになる。

他に白樺派の意義や漱石・鷗外の特別な存在の解説など、これまでに触れてこなかった面にも言及して日本文学自体の性格を示している。伊藤整の分析の基調は西欧文学との比較が先にあって論が成り立っている。当時はそういう評論の全盛期だったのだろうか。この点に関して伊藤整は、（２）「文学入門」で反省を述べている。

「生命」謳歌

最後の項目で、これまで書き忘れたものを「ノート」から拾い集めているが、どれも切れ味が鋭くて、読み応えがある。

最初の断章は、西欧と日本の小説の共通点として、「生命の救出される充足感」を挙げている。これは整の文学観の根底にあるもので、これまでも頻出している。次に興味を惹いたのは「自己保存」という言葉だ。これは私が研究対象としている、イタリア・ルネサンス末期の自然哲学者であるトンマーゾ・カンパネッラ（一五六八―一六三九年）の常套句でもある。理解できるようで出来にくい言葉だが、ここで整は秩序と生命という対比のなかで用いている。自己保存のために秩序の裡に留まって体制を維持するが、生命は原始的な衝動に突き動かされるもので、そうしないと充足感を得ない。さらに生命について。「生命」とは秩序の無力を見抜いてあふれ出ると語る。文学の形式とはその社会に与えられた存在様式の模型だとも主唱している。

こうも述べている。

私小説の形式は明治大正期において、生の交感の失われた日本の生命が自己を託しうる形式であった。

こうなると私小説の果たした役割もまんざらではなかったことになる。私小説は散文学の日本的顕われか。

「あとがき」で語っている。日本文学理解のためには西欧文学と比較をするのが最良の方法だと思ったので新旧の西洋の作品に登場願った、と。文字通りそれを実に精緻に実行に移した評論だった。

このあと（2）で『文学入門』を取り挙げるのだが、正直迷いがあった。『文学入門』は『小説の方法』と同じように「文学史」めいていて、それなら「中世への郷愁」や「生命的存在」といった珠玉の評論と向き合ったほうがよいのではないか、と迷ったからだ。しかし『文学入門』で整は「社会構造」と文学の関わりに論及しているので、本書の趣旨に沿って『文学入門』を選択した。

(2)『文学入門』

『文学入門』は新潮社版・『伊藤整全集』第二十一巻に『伊藤製氏の生活と意見』とともに収められている。瀬沼茂樹の「篇集後記」によると、当時設立されたばかりの光文社の要請ですでに人気作家だった整を激励しながら口述筆記で起こしたものに整自身が手を入れたとあり、献身的な担当編集者だった古知庄司氏がこの激務のためか早世するにいたっている。改訂版に初版への修正箇所が多数書き添えている。『小説の方法』出版後と『小説の認識』刊行前の作品だが、口述筆記のおかげか平易な文章で、入門書的かつ高度な理論書(瀬沼茂樹)でもある。

(1)で取り挙げた『小説の方法』は後半部に近づくつれ文体が凝縮し、展《ひら》かれた印象を得るのは至難で、悪く言えばその硬直した文体から整の主張を、その高質な抽象度から引き出すのに困難を禁じ得なかった。しかし『文学入門』はまったく異なる。読みやすく内容も具体的で、語ることで内実が整理されていて『小説の方法』とはべつの側面から、たとえ重複する事柄でも『文学入門』のほうが理解しやすい。初版は一九五四(昭和二十九)年九月、改訂版は二年後の一九五六(昭和三十一)年九月と、整自身の文章で明らかである。

構成は十章仕立てで、各章はだいたい五つ前後の節で成り立っている。これから第一章から検証してゆくが、『小説の方法』でもそうであったように、整の文学観には「生命と秩序」という根本原理がある。そのうち秩序を敷衍すると社会秩序、社会構造となり、『文学入門』では、文芸作品が社会構造の反映であると言明しており、その構造が硬直化したときに生命が抗って秩序（構造）を破る、という論が一貫してあり、お互い相関関係にあると述べている。

交響曲との類似性

物語の成立には宗教が関係している、と冒頭に整は記している。神たる存在へ捧げる祈りの物語、神の規定した秩序を人間界に知らしめるための物語である。その根本動機は「神々の力」を語り、神々をあがめ、人間が神の力に服従する」様子を筆記するという。整はいつものように『イリアード』と『オデディセイ』を例に語っている。

言いたいことは、実在を疑われているホメロスやシェイクスピアを持ち出してきて、両名を（伝えるに便利だった）韻文作品（日本では浪花節の類）や小話の採集者、篇集者と位置づけていることだ。『小説の方法』でも同じ論法だったが、ここで新たに才知あふれる人物が登場すると、当時の世間や伝説を独立した作品（小説）のように一冊にまとめることになる。ボッカッチォの『デカメロン』を例に出しているが、まさにその通りで、彼は一四世紀を代表する知識人で人文主義者でもあった。日本では『今昔物語』、『柳斎志異』を挙げている。

さらに細部を豊かに描いた作品である『源氏物語』（一〇〇八年頃）の誕生をみる。ここに整は「作品の成立」を考えている。その理由は作者の人生観なり思想なりが整って確固たるものとなる時点を抑えてそう定義している。作品論としては貴重な意見である。

第一章の内容をわかりやすくしているのは、音楽との対比だ。日本では西欧のような交響曲が近世・近代で作曲されなかった。交響曲をシンフォニーと呼ぶが「シン(ム)」は「一」の意味で「フォニー」は「音」である。種々な音が合わさってひとつの曲となるというのが原義だ。つまり、いろいろな楽器の相互作用による関係性が音楽を作っている。この交響曲が西欧社会で、楽器が人間、そしてそれぞれの関わりで交響曲、換言すれば複雑な人間関係を描いた小説が成立する。それはそうした人間関係が存在する社会構造が複雑だ、ということになる。芸術作品の複雑性とは社会構造の複雑性の反映である。これは『小説の方法』でもあったように「立方体」の社会だが、日本の場合はその文学作品に見出せるように「並列型」だ。例えば、『源氏物語』では光源氏が多数の女性と関係を持つが、その相手の女性同士は互いに関係を持たない。源氏が並んでいる(並列的な)局《つぼね》と関わるが局たちはみな自分以外の女性とは無関係、無関心だ。西鶴も『好色一代男』でも『好色一代女』でも、さらに谷崎の『細雪』でも同じ構造だ。

したがってこうした文学作品では、男が男性として、女が女性として描かれず、特に後者の場合、つまり女性の存在しない作品は文学とは言えない。映画監督の黒澤 明の作品には残念ながら女性らしき肉体を持った女性は描かれていない。黒澤作品の欠陥である(これには大島 渚監督もそう指摘し批判している)。

さて次に整は日本人と西洋人との感動の有り様の差異を述べていくのだが、ここに私もかつて味読した和辻哲郎著『風土』の影響をみるのは間違っているだろうか。モンスーン気候という言葉ひとつを取ってもそれは明らかだ。

こうなると私たち日本人の主食が米であり、西洋人が小麦で出来たパンで、肉食を旨としていることからも容易にわかるように、日本人（アジア人）は農耕民族であり、西洋人が牧畜民族である、という点が重要だ。これをよすがに整は論を展開してゆく。農耕民族の場合、種を蒔いて実が実りそれを刈り取ったら滅んでゆく。これを繰り返す循環の形態であるが、そこに枯れるという現象も生じて、無常観が生まれる。ここには仏教の教えも影響していて、日本人独特の生命観や生活意識が育ったと整は述べる。それにたいして牧畜民族の方、つまり家畜を殺してその肉を食糧としているひとたちは、牛や馬、山羊や羊、それに豚を交尾させて子孫を増やして行かなくてはならないから、結合の文化でその交配の技術が進歩すれば複雑多岐にわたると説く。これが生活意識に反映して文芸作品もそうなる。人間関係に置き換えると、複雑錯綜化した社会のなかで求められるのは「調和」の精神だ。調和的な結びつきが大切で、それは自分だけではなく「他者」の存在を意識して他者への働き掛けが重要となる。これにギリシア人の論理的思考性が加わって近代社会の完成をみる。交響曲を演奏するオーケストラの発生の必然性にも頷ける。

ここで整は触れていないのだが、ことはそう簡単には運ばない。日本の場合はなんとか話しの辻褄はつくが、西洋の段になると、ストップをかけたくなる。西欧で定時法が定まったのは一三三五年、ミラノにおいてだ。これで商業活動をはじめとして種々な職種で一定の時間枠にはまった仕事・作業が誕生する。農作業とて同様だ。それまで農夫たちは日が昇れば畑に出て沈めば家路についた。夏も秋もそうだがだんだん日が短くなって冬になると、畑作業にかける時間も短くなる（もちろんこの時期、種まきや収穫はないだろう）。

しかし農夫たちはわが身に四季の循環（春が来て、夏が来て、秋が来て、冬が来て、また春が来て、……）が身に染みいっている。農耕民族の循環意識と似ているかもしれないが、アジアの文明圏では「機械時計」の存在がなかった。それにたいして西欧では鉄の環のなかに「時」が収まり、その時間に沿っての生活が一四世紀からもう始まっていた。ここに農民たちに難題が生ずる。円環の時間意識で生活していたのが、たとえ円形のなかに時間が収まっていたにせよ、それはもう循環ではなく直線的に流れゆく時間に一変してしまっている。キリスト教の影響もあろう。かの宗教の時間意識は終末思想を認めているから、時間は「始め」があって「終わり」に向かって進んでいく直線的なものとして把握されている。こうした宗教の下、さらに畑での農作業での円環的時間意識をどうやって時計の、直線的時間意識に合致させ得たかは容易ではなかっただろう。だいたい定時法が決まった時期よりちょっとあとの一四世紀の後半までにはなんとか身につけていたと言われている。やはりキリスト教の影響が大きかったに違いない。

本項での整の主張は、まず人間関係のいろいろな組み合わせと結びつきを第一義とし、それに見合った社会構造の存在をも重視しての着想だ。交響曲やオーケストラという例えを上手く利用して、わかりやすく啓蒙的な文面となっている。

文士としての真実と気取り

この項で伊藤整は自分の評論の特色とも言える時代の推移を語るときの基本姿勢をいみじくも述べている。こうしたことを記してくれると整の批評への心構えをうかがい知ることが出来て貴重な時間を共有した気持ちになる。以下その個所を全文引用する。

　古い社会体制が崩れてゆく時には、それまで人間が、それに打ちあたって破ることができない壁と考えていったところの社会制度とか道徳などが、しだいに実力のない弱いものになっていって、制度よりも人間性が意味あるものに思われて来る。

この文言で新規の文芸作品の多くに言及することが出来る。『デカメロン』もこの路線の作品だし、ボッカッチォが敬愛したペトラルカもそうだ。とりわけ『デカメロン』が前の時代である中世の殻を破って突き出た作品であり、「喜劇＝笑い」の文学であることからもこの引用個所がぴたりと当てはまる。ここでの「喜劇」はイタリア語でいう、またダンテの『神曲』のイタリア語名は『*La Divina Commedia*』で『神聖喜劇』というのが正式な邦語訳であることはすでに述べており、この場合の「コンメディア」は「大団円」、即ち、「ハッピー・エンド」を指し、具体的にはダンテの「見神」を意味している。ところが『人間喜劇』と称される『デカメロン』の場合はこうしたダンテの醸し出す雰囲気を笑い飛ばすくらいの力のこもった作品に仕上がっている。

ここで次のことがわかってくる。

既成の社会体制が強固で反抗しても崩し得ないとき、それを描いた作品は「悲劇」となり、脆弱化して打ち破ることが出来たとき、その瞬間「笑い」が起き、その作品は「喜劇」となる。その笑いの大きさは軽いものから爆笑という大きなものまで幅はむろんあろうが、『デカメロン』はもちろん後者である。

整は既成の社会と新規な社会の誕生の仕方の様態の悲喜こもごもによって悲劇と喜劇を分類している。この方途で田山花袋の「蒲団」も論じている。作品の内容が当時の文壇や世間一般に与えた衝撃は大きかったが、作品と花袋の存在を整は、「社会的儀礼よりも文士としての真実」を重視した、という点に意義があるとみなしている（「蒲団」によって日本の自然主義文学が西欧のそれとは異なる道を歩み出したという点はこの際さておいて）。

またセックスについても触れている。みなセックスに関心を抱いているが、気にしていない振りをしているだけで、そこに儀礼的な嘘が生まれる。そうした社会秩序にとつぜんセックスの問題を投げ出すと、その儀礼の虚が暴かれてひとは「笑う」。セックス自体を笑うのではなくてそれを押し隠して来た人間の「気取り」を笑うのである。

そうなると文学上での笑いとは、無味乾燥した秩序のなかで、形式や制度や約束のため無理な人生を送っている人間を批評する、批判的な笑いだと言えよう。

社会と社交界

ここで整は再度「近代社会」の定義を持ち出している。即ち、交響曲や交響楽団に「たとえて、いろいろな要素（楽器）が複雑に結びついた（旋律や諧調など）な社会である」、と。さらに社交界（この「社交」という言葉を英語で表現すると、*society* になる。これはイタリア語の *seguire*（～「の後を」つ いてゆく、つきしたがう）から変化して *society* と成ったもので、まえにいくひとのあとを後ろのひとがついていくから、鎖状になる。ひととひとのつながりが生まれて、「社会」や「社交」という邦語訳にいたる（もちろん明治期に出来た翻訳語である）。

整は「社交」にも、宮廷生活という上級な社交界と、遊里という底辺の社交の場の二つの場があるとする。もちろん近代社会の原型は前者から発生する。戦いのない平和な時代の宮廷に各方面から才能に充ちた男女が集い、知的な話に花を咲かせる。判断力に秀でた人物が早晩現われてその集合体が社会の原型となる。その社交界を描いた傑作として「クレーヴ公爵夫人」（一六七六年）を挙げている。社交という人間の集まりの複雑な人間関係から生ずる心理の錯綜をめりはりよく描いていて、近代の交響学的作品の原型と高く評価している。

才知あふれる女性が主人公なのだが、この点に目をつけて整はこう明言する。女性の活躍や人間性を認めることは単に女性のためになるだけでなく、男性にも人間らしい暮らしを享受し得ることになる。男性の主な仕事である武力や政治力を除いた本当の生活を築く礎になる。そしてこうした本当の生活から真の芸術が生まれる。ここでも社会とか生活の安寧があって良質の芸術の成立がある。

こうした女性の存在の重要性という流れのなかで、整は「並列型」という日本的特性を持ちながらも、紫式部という女性が著わした『源氏物語』を、「その中心に人間性の許容という思想をおいた大文学」と高く評価している。光源氏と多くの女性との交わり（＝肉体）を描いた生命的作品だと言いたいのだと思う。

さて、社交界の底辺に整は「遊里＝廓」を設けている。江戸時代の吉原ではいったん遊郭に登ると武士も町人もない、どのような身分の者でも対等、平等になる。これはそこが「性の牢獄」だからでもある。一考するに、最上層部の武士階級と最下層の遊女とでは両極端という意味において自由を得ることが出来よう（遊女には「身請け」という僥倖がある）。

西洋の場合、社交界は自分たちこそ秀逸な人間だという特権意識者の集まりだった。それが早晩、最下層のひとたちも含むようになり、サークルという形をとって、その集合体が「社会」を築き上げていって、近代社会が完成する。そうした社会構造では実力があれば認められる、という柔軟性を備えた、生命力あふれる運動と発展の社会であって、硬直した封建制の社会ではない。

西欧では都市の文化だったルネサンス期に、日本では明治維新後にこうした立身出世の社会が訪れる。その明治の代に「鹿鳴館」なる上流階級の社交場が出来たが、そこからは西欧のように作家や詩人、画家や音楽家は巣立たなかった。西欧ではそうした社交界の場が新人芸術家のデビューの場だったが、一方、ご婦人たちを中心とした虚栄の場でもあった。そのなかでの人間模様をそのまま感情などを込めて書くと非難追放されるから、何らかのべつの「形」で描いた。嘘＝虚構の世界の構築である。事実を書いてもそれがそのまま文芸作品にはならなかった。

芸術とは、事実と違って、感動が一つの思想によって統一され、リズムを持った独立した世界を作っていなければならない。……思想や感動は抽象的なものであるから、その本質さえ分かれば、つまり抽象的な思想というものを認識することさえできれば、作りものの人物の方が本当の作者の思想を表現するのに便利なのである。

これは『小説の認識』のなかで「本質移転論」と整が称したものに近いかもしれない。私も同感だ。小説作法の根幹かもしれない。西欧の社会構造と日本の社会構造の、それに根差して生活している彼ら、私たちのその仕方の相違を抜きにして、彼我の小説の違いを云々することは慎むべきである。

封建制度からの脱却

ここでも整の視点は、近代日本社会の未成熟さと人間本来の持つ内実のズレや本音などの食い違いを、「不如帰」、「金色夜叉」を例に切り刻んでいる。二作の相違は後者には金銭が絡んでくるという点であるが、この「金銭」を介してのもめ事を作品内に取り込んでいる点だけをみても、近代日本文学をみわたしてもあまりなく、作品の出来不出来はべつとして、金銭がらみの作品である「金色夜叉」のそうした局面での評価は意外となされていない気がする。例えば鷗外、漱石、自然主義の作家たち、白樺派、等々を眺めても、またプロレタリアート作家の作品を読んでも階級云々は出てくるが、金銭そのものについての言及はないのではないか。自然主義系の私小説の作家たちは困窮を極めるが（葛西善蔵、近松秋江など）、金銭からのモチーフを作品化しているわけではない。鷗外、漱石、白樺派におよんではみな生活に苦労はしていない。

整は冒頭の二作品の共通項として、その遠景に封建的社会があり、そのなかでの男女の幸福追求はしかるべくして崩壊の道へといたるのであって、その経緯のうちで感ずる「生命の抵抗感」を生きる実感として訴えていると解釈している。特に「金色夜叉」は金銭問題（金持ちが金力で他者を支配するとべつの悲劇が生まれる）と、文体が擬古文（文語体、漢文脈）であることからくる弾力性の欠落（それゆえに口語体の会話で光り輝く人間味を挙げている）。さらに相思相愛の貫一、お宮の間に肉感（肉体的人間の無視＝「若い男女の間に、とうぜん起こるはずの、肉感を通しての人間性の現われという真実性」）の等閑視を突いている。祝言を上げなくては関係を持ってはいけないのか、という旧い、儒教的な、あるいはそういう道徳観に支配されていた時代だった。この旧態依然とした時期の考察を深めていくと、二人は自己確立をしておらず、婚姻という制度に認可されてはじめてお互いを「知る」ということになる。制度なりべつの何かなりに依存しなくては仕合わせをつかめないと信じている点で封建制を打破できていない。
　ここで「われこそ」は、と主唱する発想が生まれたとすれば、それを個我《エゴ》と呼んでもよいのかもしれない。そうした人物がいて、もしそのひとが密通を働いて、所属する社会の秩序が厳格、保守的でありすぎる場合、そのエゴは否定されよう。その代表作例として整はホーソンの『緋文字』を挙げている。『緋文字』の女主人公は思いのまま、感情の向くままに行動した。それはべつな言葉でいうと自由であり、秩序への反発である。けれども宗教的に厳格な社会秩序のなかで生きているという事実は否定できない。（1）の『小説の方法』で整が口を酸っぱくして主張し続けた生命と秩序という問題にぶち当たる。ここに文芸の意義を整はこう述べる。

　文芸というものが、人が生きているという感じを実際の生活よりももっと強烈に、また純粋なものとして味わわせて人を感動させるものだということが分かる。

以降、生活、感動、という言葉がキーワードとなる。彼の文学の基本に生命と秩序の二項対立があり、その二つが絡まり合って派生するのが感動である。その感動の生じる場こそが生活体験と言えよう。
「日本の近代と小説」として整は「不如帰」と「金色夜叉」以外にも触れている。それは明治維新後の文学（ないし文明活動）の性格の分類だ。三つに分けている。一つ、鹿鳴館、二つ、『明六雑誌』（福沢諭吉、西周、森有礼等）、三つ、キリスト教系の作家たち（島崎藤村、北村透谷、国木田独歩等）である。これらは西欧流近代社会への目覚めを表わしているが、時を経るにつれてしだいに封建的色彩を深めてゆく。つまり特定の職業のひとたちだけの閉鎖的交流となって、とここまでくれば『小説の方法』での記述でわかるだろうが、「文壇ギルド」の誕生であり、こうした同業者的社会の寄り集まりが、「日本社会人としての生き方の原型」と結論している。

芸と立身出世、それに逃亡型と破滅型

作品の発表順でいくと、「金色夜叉」（一八九七〔明治三十〕年）、「不如帰」（一八九八〔明治三十一〕年）の明治中期よりまえの、幸田露伴作品を取り挙げている。「風流仏」（一八八九〔明治二十二〕年）、「一口剣《いっこうけん》」（一八九〇〔明治二十三〕年）、「五重の塔」（一八九一〔明治二十四〕年）といった露伴の初期、明治前半の作品の主人公がみな職人で、自分の腕（技量）一本で世に出ていく小説を紹介し、「芸が人間を救う」と結論している。この三作の背景として、文明開化が技術系分野のみで起こり、人間性や精神面では相変わらず封建的枠組みのなかにあったとして、それは「金色夜叉」や「不如帰」の時代でも同様だと述べている。露伴の三作品の主人公はそれぞれ、「彫刻師」、「鍛冶屋」、「大工」だ。芸は身を助けるというではないか。ただし、これら三作が文語体（擬古文）での執筆であることを忘れてはならない。ダンテの『神曲』がラテン語でなく当時のイタリアでの口語体であるトスカナ方言で書かれたことの重要性は、すでに言及している。これ

らの「職人」三人にはみな才知がある。この「技量」と「知」の一体化に時代の新しさを見て取れる。イタリア・ルネサンス期の新規さのひとつに、私の造語だが「知技合一」というのを設けて、ひとりの人間のなかでの、この改新的な要素を見届けられる時代がやがて訪れる。レオナルド・ダ・ヴィンチ、ガリレオ・ガリレイなどの名前が挙がってくる。そうした意味では新しい時代とみてよい。ただ、ダ・ヴィンチ以前の画家や彫刻師たちは、十把一絡げに「職人 *artigiano*」と呼ばれていて、「あのひとは絵を描く職人さんだ」という呼び方をされていた。芸術家（*artista*）という言葉は後年に出来た文言である。これはすでに述べている。しかし「職人階層」の誕生は「市民（商人）階層」の発祥とともに画期的な現象である。

次に岡本綺堂作「修善寺物語」と芥川の「地獄変」について、芸術作品完成のためには家族にたいする人間らしい感動を犠牲にせざるを得ない、と記していて、それはこの二作品の内容からみてそうなのだが、ここに整が「感動」という言葉を用いているのが気になる。感動でなくても「気持ち、思い」でもよく、返って感動のほうが意味を取りづらい。整には「近代日本人の発想の諸形式」という説得力のある評論がある。ここでの「発想」は感動と表裏一体で、どういう場面で日本人は感動するかをも判読できる。具体的に文学作品を例に論及している。「人間らしい感動」という文章から、この箇所だけくりぬけばなんとか意味が通ずるが、「家族にたいする人間らしい感動」となるとよくわからなくなる。整は「思いやり」の意味で用いているのだろうか。「感動」に寄せる意味範囲が広いのだろうか。第Ⅰ部でも「感動の再建」という評論を扱ったが、あの折の「感動」は、無感動な感動からの再建という意味での感動で、負的な印象が強かった。「風流仏」から「地獄変」までの思想的潮流は、自由を求めて自分の腕(技量)を発揮すれば、立身出世はできるが、周囲のひとを傷つけることで犠牲者が出てしまう。それこそ、自分の嫌らしい部分(エゴ)を突出させた結果だ。自由な社会とみえていたのは表面だけで、底には封建的な社会が崩れずに残存していたせいで、一層自在な振る舞いが恐怖を招くことになる。自由の正体はじつは怖いものだと知る。

すでにおわかりだと思うが、右に要約した作家の姿勢は芸術至上主義者と断定しても間違いではない。日露戦争(一九〇四―〇五年)後の一九〇五(明治三八)年から〇七(四〇)年間に、「文学革命」が起こる。具体的にいうと、日本の「自然主義」文学の誕生だ。

自然主義文学については先に言及しているので繰り返しになるが、近代フランスで生まれた文学理論だ。その本意は、自然を第一原因と考える人間の哲学的学説をいう。これは神を第一原因とみていないことを指している。自然の諸現象の正確な素描が十七世紀に芽吹き、十八世紀の唯物論と博物学的要素も加わって、文学的自然主義が誕生する。それは自然の観察と分析の体系化を生み、人間と社会という組織構成のうちの「個」としての要素への視線となり(日本ではひとを「個(人)」としてでなく「(所属する)身分」として捉える時代が明治維新まで続いた)。こうした体系化が必然的に実証主義と科学への希求へといたった。これが西欧の自然主義の思想的流れである。これはすでに言及ずみだ。

日本の自然主義文学では究極的に整の定番である「文壇ギルド」へと作家たちが逃げていくのだから、こうした体系化は持たない。第一、西欧人が自己と対峙する対象である神の存在を日本人は欠いている。人間の自由なる解放は言うまでもないが、肉体的存在としての個人の自由というきわめて気質的な要素が強かった。花袋の「蒲団」などは気質を超えて本能的でさえある。「蒲団」の告白は人間としては真実であったかもしれないが、周囲のひとは迷惑をこうむったであろうし、花袋は社会人として「恥」を曝したことになる。いや、その時点でもう実社会では生きてゆけないことを覚悟していたに違いない。自己をどこまでも貫けるのは文学の世界の上だけであるのに、実生活のなかでも貫徹しようとする。それが日本の自然主義文学で、表現されたものはその貫徹の「報告」となってしまう。一種の告白小説で、これは（1）『小説の方法』で詳細に整が論じている。事実と告白の重なり合いから感動が生ずる。この種の感動が書き手にも読み手にも浸透し、いまだに抜け切れていない。これが日本の私小説であり、その愛読者たちの実態なのだ。

ここで整は先述のように、自然主義・私小説作家のなかで島崎藤村だけが別格だとして、藤村の文体が「挨拶の言葉」としている。

この藤村も自然主義の作家たちも日本の旧い制度を否定して改新しようとしたのではなく、そこへ逃げた文士だった。戦わずして逃げたので整は「逃亡型」とし、彼らの考えの中核には、旧態依然とした社会的秩序を破って、自己の醜悪さ身勝手さ、それに誠実さを活かすのが人間らしい、という思考形態があった。この種の作品の感動の場は善なる自分に正直に生きることに、清潔な生活のモデルがある、という点にある。きちんとした社会人として世間をわたってゆくのでなく、どこか世をすねて生きていく。西行、兼好、長明、芭蕉などもそうだが、明治、大正の私小説作家は似非でも近代人であるので、それなりの自由を求め、積極的に表現して、生き方として「全人間的」だった。

それと並行して私小説の在り方にも変化が生まれる。

告白調の、生活の報告であった作品から、事実だけを描くのでなく虚構を混ぜるというものだ（葛西善蔵「子をつれて」、宇野浩二「蔵の中」）。そのあとに続くのが太宰治だ。整が挙げているのは「ヴィヨンの妻」だ。この作品は夫婦の生活が破滅していく経緯を書いている作品だが、その本意は平凡なありきたりの生活の意義を問うある種の思想小説となっている。善き家庭という秩序を希求すること、言い換えれば「神」のような絶対的存在を求めること。それらを鑑としてみえてくる生活の崩壊の悲惨さと、平凡であることの仕合わせ。これは生活と社会との調和を望むタイプの作家たちよりも、「破滅型」の作家たちに目立つ。

各作家にみる「調和」への願い

次に具体的に著名な作家を挙げて、各人各様にその内部でみずからが行なった「調和」への行為を活写している。「調和」は一種の「願い」ともなって、そうした動きがなくば、自己を保てないといったほどに重要な要素でもある。

出だしはいつものように、中世キリスト教世界からの人間としての解放に、必ずエゴの露出が伴うという論で、どうしてもこの前提から入らざるを得ない論の組み立てはまさに伊藤整流と言えよう。これまで再三触れてきたが、整の論法は必ず社会や市民世界の成熟度、未成熟度を掲げ、そうした器のなかでの創作者の創作の動機を凝視する姿勢、それは一貫している。これは推測だが出自が東京商科大学（現、一橋大学）ということも関係しているかもしれない。整の念頭には常に経済をも含んだ社会構造の重要さがあるのだ。だが、決して社会構造と文学を天秤にはかけていない。それぞれの相関関係には絶えず留意しており、そこにこそ整の着眼がある。

取り挙げている作家は、トルストイ、ドストエフスキー、カフカ、D・H・ロレンスが主だ。ロシアのこの二大巨匠に関しては、チェーホフも加えて『小説の方法』で何度か出てきたが、私はあまり深く言及しなかった。それはロシアの政治状況とも絡んでいて、西欧の東に位置するロシアからの巨人作家の出現を、論考にうまく入れ込むことの無理を悟ったからだ。しかし『文学入門』での位置では「調和」という言葉を活かした上での登場で、いかにも「調和」がなければ創作活動を成し得なかった作家として論じている。

トルストイもドストエフスキーも、人間の裡に潜む「善悪」を考察した作家として整は位置づけている。トルストイの場合はそれが時系列で、ドストエフスキーでは同時に「善悪」との葛藤が生じるとする。

トルストイでは、人間の善悪の二重の認識が時間的に前後して現われた。前半生では人間とは醜い者、後半生では善なる者として。後半生（晩年）の作品として「イワン・イリッチの死」を例に、自己主義に充ちた人間を意図的に描き、そこからの脱却を求め、エゴのない善なる世界を希求している。

ドストエフスキーでは代表作「罪と罰」を例に、善と悪とは表裏一体、同時に人間に存在していることを、殺人を通して描いている。ラスコーリニコフはこう思う。己が完全に自由に生きられるとすれば、その反動で、すべからく残虐な行為を仕出かすかわからない、と。私はこの作品の解釈として、戦争で敵（人間）を殺すのが認められるのなら、ひとりの老婆を殺害しても構わないのだ、というふうに聞いた覚えがあるが、この段でゆくと、殺した後の作品の展開が難しいのではないか、と思った。改悛が訪れないからだ。他方、整の論旨に沿えば、ラスコーリニコフ自身のエゴの充溢のために老婆を殺すことは、自分が愛を向けていない人物に手をくだすわけで、べつに悪行ではない。だが、そのせいで服役してもラスコーリニコフは救われない。彼は懊悩し、神に祈る。ここでキリスト教の黄金律である、ひとは自分と同じように他人を愛せ、という警句に舞い戻る。キリスト教の文化圏の作品だと言ってしまえばそれまでだが、善から悪へ、悪から善へとひとりの人間のなかで揺れ動くままに小説が展開してゆく。善悪の葛藤が独自の心理描写となって複雑に絡まりあって画期的な小説の誕生をみた。

カフカを次に挙げている。「変身」はあまりにも有名な作品だ。目が覚めると虫になってしまっている主人公がいて、家族から偏見の目といじめに遭うが、彼は人間の心を忘れていない。「現代の人間の存在の本質を予言的に認識した実存主義系統の作品」という位置づけを整はしている。そしてたとえ虫でも忌嫌われる病人でも、人間としての意識を持っていれば、生命あるものの苦痛は、みな同じだと結論している。整の人間への温かい眼差しを垣間みる。こうした点に彼の出発点が詩人であったことへの理解がおよぶ。

最後はD・H・ロレンスである。この頃にはもうフロイトの精神分析学が普及しており、ロレンスの作品もその影響下にある。ロレンスの、例えば『チャタレイ夫人の恋人』の一頁から読んでいくと、小説というよりは論文の気配が濃厚だ。描写ではなく宣言のような書き出しに思える。おそらくロレンスは概念からしかこの作品を書き出せなかったのだろう。その意味で小説としては理念的な導入部を持つ。つまり説明調で空洞化していて虚無的だ。それがこの作品のテーマを暗示している。セックス以外しか人間は他人との結びつきを得られない、男女が愛し合えるのは性交だけである、とロレンスは読者に耳打ちしている。逆を言えば、セックスにいたらずエゴを強く訴えれば、それだけそのひとは孤立して、他者を愛することも出来なくなる、という恐ろしい現実が露見する。

西欧の社会では常に他者との結びつきがなければ、人間が人間として成り立たない。片や、日本の私小説作家は、社会に反抗し逃亡し、果ては死へと堕ちていくときにエゴの充足を見出した。

さて私は、この項目のタイトルに「調和」という言葉を置いた。何と何との調和であるかはもうわかると思う。それは自己と、社会なり他者となりの調和である。最後に触れたロレンスではそれを性交に求め、それを最も基本的な人間の結びつき、絆とした。トルストイやドストエフスキーでは最終的に他者への愛がそれに匹敵した。カフカの「変身」の場合はそれを求めても遂げられずに死んだ主人公の虫、即ち、他者との人間的愛を希求した人物を寓意的に描いた。ここには考えようによっては他人との調和を求めようとする一種の悲哀さえ感じられるものの、それが西欧の作家たちの礎にある思想、というよりほぼ信念に近い気がする。言い換えれば、キリスト教の、隣人を愛せ、の言葉すら浮かんできて、この愛を基調とする、父性的な宗教の根強い感化の下に、それぞれの作家の立場や文学観に違いこそあれ、西洋の作家たちが置かれていることを痛感する。

論理性と調和

前項のテーマであった「調和」を引き継いでの考察で、人間生活、それの反映とも言える創作に「調和」がいかに大切なものかを整は雄弁に語っている。漱石と鷗外を挙げて、二人の共通点に「放棄」があると叙している。その前提となるのが、双方ともに地位のある社会人、当時有数の知識人として認知された役職に就いていた。漱石は東京大学教授、鷗外は軍医で、後年、軍医総監の地位にまで出世する。漱石は大学を辞めて作家活動に入っても朝日新聞お抱えの高給取りの作家であり、優秀な弟子たちも恵まれる。それゆえ二人は、これまでも再三触れてきた自己の生活報告で恥も外聞もない自然主義的私小説作家のような作品を、漱石は日本の知識人階級のなかで、鷗外は医師をはじめとする官吏や軍部との人間界のなかで、周囲を傷つけるから、その苦しみを告白することが当初より無理だった。

漱石晩年の境地は有名な「則天去私」だ（これを私は高校の国語の教師から「天に則って、私を去る」と読み方を教わったが、その意味するところは自分で考えよ、と言われた）。今回、整の文章を読んで、やっと「天」の意味がわかった。整はこう書いている。「自分が運命として与えられた苦しみには忍耐して、自分のエゴをあまり強く主張しないで、他人と調和する」と。「天」が「運命」で、「私去」は結局「他人と調和する」ことの意味だ。

鷗外はその晩年の作品からもわかるように史伝という歴史的作品に自己の思想を託すことになるが、これは自分が身（現在から過去へと）を引いて、他者のエゴをどうぞと言って通してやる方途を指す。つまり「断念」だ。

二人の共通点はもうわかるだろう。「己の欲せざること他人《ひと》に施すことなかれ」である。身を引いて（自分の我を抑えて）他者の（我を認めて）相互に調和せよ、という仏教的、東洋的教えに基づいている。つまり両人はこの現実社会でしゃにむに生きるのではなく、頭を使って論理的、合理的に生きた。逆に言うと、エゴイズム（嫉妬心、憎しみ、卑屈意識、優越感、我儘等）を露呈させなかった。漱石は「こころ」以降の作品でこれを虚構の人物に託して描いた。昭和初期の作家嘉村礒多は、体験記、告白調でこのエゴイズムを描いた私小説作家だった。

次に漱石、鷗外と同じく、金銭問題（生活苦）を作品化もした私小説作家群とは違って、名家の生まれで生活に困らず、（漱石の影響もあってか）合理的に人生を送った所謂裕福な家の生まれの作家たちが登場する。白樺派であるが、整はここで名言を吐露している。

人間の育ちが人間の思想を左右する。

思想とは文学作品の内実を指していることから、生まれ如何で作品が決まる、ということに落ちつく。公卿出の武者小路実篤、実業家出の志賀直哉、官吏の後実業家で成功した家の出の有島三兄弟、有力な学者の家柄の長与善郎、である。みな当時貴族が進学した大学である学習院大学出身で、合理的に世の中、人間生活を観察し明るく捉えた。悪く言えば世間知らずのお坊ちゃん、善く言えば楽天的なやんちゃ坊主だ。この両者を兼ねた有島武郎は、父親の没後、北海道の広大な農場（不動産）を小作人に解放した。武者小路実篤は、宮崎県に理想的な村である「新しい村」を創建し移り住んだが、経済面で失敗している。

自然主義文学運動が「第一の文学革命」なら、プロレタリアート文学は「第二の文学革命」だ。

すべての人間の苦痛や苦渋の解決策として経済組織の改善あるのみ、というのがこの運動を支える思想的論拠である。その論拠の根幹にマルクス主義があった。財産の偏り、支配者階級の固定化などの要因が出そろったときにこの思想が活かされる（明治三十年頃から。片山潜、幸徳秋水によって紹介される）。当然、労働運動や無産生活者の実態、階級打破の動きを描く文学運動となった。

整の論点はこれまでの流れでおおよそ予想がつく。それは「論理性」の有無を第一義として社会構造や作品内容に言及する手法である。この点に鑑みると、上記のマルクス主義文学は論理的な文学であるべきだったが、日本ではそうならなかった。なぜならそういう一群の作家たちの執筆姿勢が私小説的なものだったからだ。自然主義系の私小説作家たちは社会から「逃亡」したが、「プロレタリアート文学者は社会に「反抗・反発」して、社会構造まで筆が及ばなかった。感情に走った反抗だったので論理性に事欠いて私小説と本質的に同じ種類に立った。論理で社会通念を築いていこうとする知識人層は、封建的社会を抜け切れない日本の上層部の行き詰まりを何とか打ち砕こうとしたが果たせず、急激な革命運動も弾圧された。これは抑制に走る支配者層にも問題がある。彼らが啓発的な思想を受容できるだけの容量《キャパシティ》を有していれば、少なくとも混乱は避けられた。英国の場合がそうだったが、ロシアや昭和初期の日本では政治面でそれだけ開明的ではなく、つぶされてしまった。

マルクス主義という思想だけではプロレタリアート文学運動の成立は無理で、経済観や道徳意識も入用で、それらが調和を保ち一体となってはじめて社会変革への強い意欲が達成される。ただし、前述のように時の支配者層に民衆や知識人の意向を受容できる雅量が必須である。要するに、双方ともに論理的に社会をみつめて考える素地を有していることが第一義となる。

しかし、ここに整のテーマであるエゴの関わりを考慮すると、経済構造や社会構造をいくら変革しても、我欲の対立や嫉妬やひがみといったエゴイズム、それに秩序に対する生命の躍動といった純人間的な課題を抜きにしては人間は描き切れない。「人間が存在すること自体、死という意識、他人がいるという意識」が重要なのだ。ここに整が「死」を入れていることを見逃してならない。自己と他者とは「生」の世界であるが、「死」をも加えなくては「人間」を描いたことにはならない。

反復と律動

整は自己の理論をわかりやすく説明するために、いろいろな例えを使うが、ここでは海、絵画、音楽の三つを用意している。とりわけ音楽に関しては先に盛んに交響曲を用いて、「一」と「複数」の関係に触れていた。

整が「タテ型」の感動とする、海の水面から次第に底のほうに向かって落ち、沈み、死んでゆく過程で人生を捉える「下降意識」。それに、海底から浮かび上がろうとするときに感ずる感動からくる「上昇意識」――この二点に分けている（整は本書で何度も「感動」という言葉を半ば、術語化して使用しているが、必ずしも心の震えの意味ではなくて、把握や理解、実感や認識の意味のときもある)。

それにたいして「ヨコ型」の感動とは、社会や家庭など伝統的な強い絆に閉じ込められているが、そうした枠から逃れて自由になりたいという逃避意識。海に例えると、船が衝突したり競争したり静かな入り江に入り込む動きのようだとしている。「タテ」と「ヨコ」の型が重層的に組み合わさっていなくては作品は成立しない。

それでは小説の芸術性とは何かというと、音楽の話を持ち出して、こう語る。

リズムのある調和感の中において、物を物自体であるように描き出すところに芸術が成立している。

ある感動が生まれるには反復的描出が必須で、その韻律感でその思想の感銘がかたち作られる、という意味だ。さまざまな楽器の音色の反復が一定のリズムとなって、その複数が一になって交響曲が生まれるのと同様な経緯を取る。

それではそうした作品を支えている所謂リアリズムとは何か。単なる写生ではあるまい。それはその写生内容や起こった出来事に魅力をみるのではなく、人間が今を生きているという実感を仮の世界を託しつつ、最高度に表現しようとする精神を指す。そこに作者の思念や思想が織り込まれてゆき、加えてそれらがすべて連動する必然性を有していることが肝要だ。その思念や思想のなかに作者の社会への批判的要素、体制秩序への反発がなくては、芸術の根幹たる生命の躍動は存在しない。

整の定番の「秩序」対「生命」論が再度顔を覗かせるが、生き生きした生命が秩序のなかに置かれたとき、そこに社会性のある文学が顕現する。政治、経済、道徳などが結びついてヨコ型の作品（長編）が生まれる。

「生命」の枯渇の究極は死だが、整は死を意識した作品として堀辰雄の「風立ちぬ」、尾崎一雄の「虫のいろいろ」、梶井基次郎の「ある崖上の風情」、そして島木健作の「赤蛙」の四作を挙げている。北海道生まれの私からすると、同郷の島木健作に親近感を覚え、「赤蛙」も繰り返し読んだ。この短編への整の評価は的確だ。即ち、「生命が存在していて、その生命が何のために一定の目的をもって動くのか、という疑問からくる実存的な作品」だと。これは必死に川の中州から岸に泳ぎわたろうとしては失敗する赤蛙の姿の内実を言い当てている。蛙のような小動物でも本能的に生きようとしているその懸命な様が、その後すぐに結核で死去する健作の息遣いと重なる。「目的」はここでは生きんがためだ。その点、蛙と人間とは同じ立ち位置にいる。健作は蛙を介して「命」を発見する。死が近い人間のこれは特権かもしれない。自分の死が間近だということで、逆に生を見つめ直す……。

晩年の傑作『変容』では「皆さん、夕映えが美しいように、老人の場所から見た世界は美しいのです」という文面に出会うだろう。だが癌に冒され六四歳で急逝した整のことはわからないが、三十余年人工透析を受けている、いつも死と隣合わせの私にしてみると、「夕映えが美しい」どころの騒ぎではない。週三回、一日おきの透析を一回でも怠れば死は目の前に迫ってくる。必死に機械によって生きるしかない。「夕映え」云々は文学的修辞にしかすぎない。それどころか心臓発作など突然やってくる疾患にたいしては定命として諦めるしかない。死は前からくるではなく後ろから肩を叩きつかまえてはそのひとをなぎ倒すのだ。

私たちはいつも不安に包まれている。個人の裡での生命と秩序は神か仏の領分で、いかんともしがたい。だが、社会となると、調和のある秩序とか組織を作ることで、ヨコとタテとの連絡が円滑になり、それ自体、社会的関心を生む。日本文学では主にタテ型に拠る作品が目立つ。文学の世界でこれは顕著なのは（日本文学にしかない事例だが）「心中」による恋の成就を挙げられよう。死ぬことで男女の絆が完結するという生を犠牲にした行為が成り立つ風土がこの国には存在している。生からまっすぐ死へと滑り落ちてゆく、そのタテ型のとき、二人の自己犠牲という恍惚感。心中で世を去った作家も少なくはない。

こうした思潮の国で、ユートピア（どこにもない国）などはない。「自己を愛するがごとく他者を愛せよ」といった人生観や社会意識は生まれず、「己の欲せざるところは人に施すことなかれ」の思想の支配下に日本はある。

日本と西欧の社会や文学の比較は容易で、西欧を是として日本を非とするのはたやすいが、右記のような思想が根本にあるとすれば、私小説批判など空しいかもしれない。思考形態が根幹から異なっているのだから。

私は高校生時代、整、平野謙、中村光夫の評論を読み漁ったものだが、ふと、でも私たちはしょせん日本的思考型から逃れられないのではないか、と開き直った経験がある。その善し悪しはべつとして、この問題は深くて容易に応えは出てこない気がする。

閉塞感と人間

近代人の抱くにいたった閉塞感を我欲の観点から、また(1)『小説の方法』でも言及した作者の署名の有無がもたらす意味合い、それに近代人(だけではない)の有する組織の意義を、それこそ「人間の自由」を核として整は解明してきた。

まず、人間のエゴで自分を生かそうとするあまり、相手を傷つけてしまうことを例に、近代文学の方法が、作者そのひとの人間性をも壊す恐れがあると主張する。その方法とは作品に署名するということで、近代人が恥も外聞もなく生きられないことを述べて、署名のなかった説話や民話、それに逸話の集成だったと思えるが、作者名のついている古典古代の作品を挙げているのは『小説の方法』で説明済みだ。シェイクスピアの実在を疑っている研究者もいるのだそうだ。そのなかで、ダンテ『神曲』の形成過程をこう叙述している。作品の前提にホメロスの『イリアス』、『オデッセイ』、それにウェルギリウスの『アエネイス』があり、それにトマス・アクィナスのスコラ神学、ダンテ自身の政治活動から得た人物評が配されており、ダンテ自身のオリジナリティーは「細部（の描写）」にあって、作品のすべてが独創的ではないという立場だ。これは当たっている。ダンテ以後のイタリアの叙事詩はほぼ過去の叙事文学を下敷きにしているからだ（アリオストの『狂えるオルランド』は、ボイヤルドの『恋するオルランド』に、その二作品は『ローランの歌』に依拠している）。

近代社会に閉塞感がはびこるのは、いつの間にか私たちの生活の手段であった生産形式が、逆に私たち人間を支配するようになったからだ。例えば組織の硬直化によって、組織を動かす円滑油である道徳、政治、経済、それに宗教までもが錆びついてしまう。芸術にも悪影響をおよぼすだろう。フランス象徴主義の画家たちが、日本の封建制度のなかで描かれた浮世絵に感化されて新境地を拓いたことはあまりにも有名で、「ジャポニズム」が西欧で盛んとなる。これはセザンヌやゴッホやモネが浮世絵の真似をしたのでなく、その背後に潜む精神や抽象性を学んだ結果から生じた芸術作品だ。遠近法が当たり前の西欧の画家たちは奥行きのない平面志向の木版画のもつ力に魅了されたのだ。組織の固定した近代以前の世界を描くのに有効だった手法が、近代社会の末期（十九世紀末から二十世紀初頭）に続く現代社会を描くのに必要とされたのだ。ピカソやマチスもアフリカの原住民の彫刻、ペルシアの古代の絵を活かした仕事をしている。

これで次のことがわかるだろうか。もう着物の各所の描写など不要だということを。小説の狙いは各人の不安定な心理描写にあり、その安定の欠如は社会そのものの反映である。小説の描き方自体が相対的になってきている。横光利一の「機械」を読むとそれが理解できよう。小説は常に社会（世相）を反映、先取りし、その逆も成立する。

移転という芸

この『文学入門』は『小説の方法』と『小説の認識』の間に上梓されている（一九五四（昭和二十九）年）。個人的好みとして『小説の認識』はあまり好ましい作品とは思っていない。僭越だが、もうわかってしまったことのまとめのような既視感がつきまとったという印象がある。この項での「移転」という表題も確か「本質移転論」として『小説の認識』で整は再考している。それはそれでよいとしても新鮮味に欠ける。

本項でも有意な文面に出会うが、主張の核は「芸の働き」と「移転」だろう。ここでいう「芸の働き」とは簡単に言えば、芸術を理解してもらうために取る所作の意味だ。読者に感銘を与えると思えるその核心部を、べつの作りの器に移して表現することではじめて、真実味が豊かで純粋な感動を与えられる。その移転こそが芸だと整は定めている。「芸による認識」と表現してもよいだろうか。これを言い換えた文章があるから掲げておく。

初め自分がつかんだ自分の特質を、自分の実生活の中で変化する形においてとらえ、発展させるのでなければ、その作家の仕事は停滞し、意味を失っていく。

引用文中の「変化する形においてとらえ、発展させる」の部分が「移転」に相当する。

この意識を引き継いで芸術の進歩ということに話の向きが進むのだが、読みながらきっと出てくると予感していた、(2)で整がよく用いた音楽による例えがやはり登場した。クラシックが好きなひとたちの間では有名な逸話だ。かのストラヴィンスキーの『春の祭典』の初演(一九三一年)に起こった騒動のことだ。当時の音楽の常識を破る破壊力(不協和音)を持ったこの曲に聴衆はじめ、確か大御所だったサン＝サーンスもいきなり立って、大げさに言えば、これは音楽ではないと席を立ってしまったことを整は挙げて、新旧の芸術の交替の時期のありようを述べている(サン＝サーンスにも交響曲第三番『オルガン付き』という画期的な交響曲があるのだが、そのときの反響はどうだったのだろう？　大家の曲は是認されるのみだったか？)。ここで憤怒した聴衆やサン＝サーンスたちの考え方を「退廃《デカダンス》」的という。旧態依然とした形式や考えの連続のなかで、安定している月並みな芸術ないし「模様芸術」(極度に様式化した芸術)がデカダンスを指す。自分の頭で思考できなくなって、腐食した生活に安住してしまった、の意味でもある。昨今、どこででもスマホに見入っているひとたち(食事中も、右手に箸を、左手にスマホという人種の何と多いことか。一億総スマホ依存時代か)をみかけるが、スマホをみずに、目を宙にやって自分でものを考えてみたらどうだろうか。

『春の祭典』は言ってみれば、偶数という二で割れる安定した既成の秩序に、奇数の世界観が抵抗意識を抱いて殴り込みをかけた好例である。それこそ新しい生き生きとした生命感の顕現でなくて何であろう。

この点、記録文学の意義は大きい。詩歌や物語文学を超えるものとして、模様をすべてはぎ取った事実の積み上げである記録文学は、その事実性の重みによって芸術の活性化を促す。物語や詩歌などの方法の穢れや虚偽を抜け出せる文学としてそれは存在する。遠い昔の記憶に、新田次郎の「昭和新山」という作品がとても新鮮に映ったことがあるが、記録文学であったことがここで結びつく。吉村 昭の諸作品にも同様な感慨を抱く。

エゴ、再考

とうとう「あとがき」にきてしまった。ここで整は本書を振り返って執筆中に気づいたことを列挙しており、それは読後の整理の役目を果たしている。

執筆での考察の根幹として、

一、近代日本文学の特色とは何か。

二、文章の性質とは何か。

三、感動の質とは何か。

これらの三点だ。「感動の質」というのが名著『近代日本人の発想の諸形式』の到来を予感させる。第Ⅰ部での「感動の再建」とは大きく違っている。
さらに窮地に追い込まれた整の立場を正直に告白している。「私は、近代日本文学という、世界文学の中での特異な性格の芸術を、ヨーロッパ文学と比較して考えてゆくあいだに、両方の条件を満足させるところの文学の本質というものを、想定せざるをえない立場に追いこまれた」と。これは究極的に、古典文芸の意味、芸術の本質への問いかけを、整に突きつけることになる。そして、芸術の本質として「移転による本質把握」にたどりつく。「移転」という性格の「芸」である。純粋性からはなはだ遠い功利的な散文芸術に交響曲と同質なものを見出すにいたる。多にして一、一にして多の世界だ。
まとめとして一般論を掲げている。近代社会の推移が文学に与えた影響として、「外への恐怖」、「外への批評としての笑い」、「内への恐怖」と順位をつけている。二番目が『デカメロン』に該当するだろ。最後に「エゴ」について述べて擱筆している。

私はエゴの問題というものが、社会変革によって変質するものではないと信じ、自己と他者の中に常住するエゴの働きについての描写や批評や描出の禁圧されたものを、真の芸術として認められない、と考えている。

まるでエゴの無間地獄の体だが、人間として日々他者とともに暮らし、組織にも属していると実感する内実を含んだ警句のような一文だ。この点がマルクス主義文学との相違点だ、とダメ押しのように付言していることろから察すると、共産主義社会ではエゴなるものが無くなると理解できるが、そうしたことなど現実に起こり得るはずがない、と整は考えていると思う。

おわりに

戦後の戯作的に作品、それに『小説の方法』と『文学入門』について、概論めいたことを綴ってきたが、この第Ⅱ部はやはり以後に整が著わす小説や評論の端緒になっている気がする。すでに触れた「近代日本人の発想の諸形式」や「近代日本における『愛』の虚偽」を整は書くべくして書いた。創作としては、『若い詩人の肖像』を小さく輝く宝石的作品とすれば、実父の人生に肉迫した『年々の花』、それに『氾濫』、『発掘』、『変容』といった三部作の執筆が偶然ではないとうかがえる。

『鳴海仙吉』は奥野健男も評するように、戦後文学出色の作品であることに私も異論はない。あれほどまでに自己を多方面から裸にしてゆくその過程は痛みをともなっただろうが、作者はそういう「ラッキョウの皮を剝いていく」わが身とは、すでに充分の距離を取り得ていて、筆の進みははかどったかもしれない。それを遮ったのが『小説の方法』への傾注だが、伊藤整という書き手は一度熱中すると容易にその素材を離れられない性質なのだろう。その証拠に『小説の方法』は後半に向かうにしたがって、文体が膠のような粘質性を帯びていて、極度に抽象化された文章が続く。これは口述筆記でものされた『文学入門』とは雲泥の差だ。むろん後者のほうが読みやすく内容把握が楽である。だがここにこそ『小説の方法』の魅力があるのであって、コンクリートのような硬さの文体を砕いて読み解いて行く愉しみがあった。

『伊藤整氏の生活と意見』は「チャタレイ事件」の裏話、茶化しの要素が強く、『裁判』とは性質を異にしているが。しかし裁判を受けながら、こうした戯作を書きたくなる整の心情はよくわかる。悠々たる、一種の息抜き的要素の強い執筆だったのではないか。だが、こうした時期に原稿を依頼する版元ももう少し思案すべきだったのではないか、と思いもする。

最後に『小説の方法』で整が依っていたルネサンス観が今ではもう通用しないことを述べておく。これは時代によるルネサンス史観の変遷で仕方がないのだが、ダンテの位置づけや中世の内実は整がこの評論を執筆した時期の「ルネサンス近代史観」から現在は「中世・ルネサンス連続史観」へと変わっていて、これによると、ダンテは中世の幕を閉じた人物で、中世には、思われているほどに教会による拘束や束縛はなかった。連続史観とはルネサンスを中世の最終段階とみる史観だ。その他にも、「過渡期史観」、「転換期史観」、「複数主義史観」がある。

新コロナウィルス席巻の今はまさに時代の「転換期《ターニング・ポイント》」であろう。

新しいルネサンス観からみると整のダンテ論、ルネサンス論も崩れる。そして整の最も大きな欠陥は、文学上の三大巨匠のひとり、ペトラルカへの論及がないこと、さらに『デカメロン』第一日目のまえがきで活写される、フィレンツェ・ペスト席巻の惨状の描写への言及が抜けていることである。ペトラルカとペスト襲来こそ、ルネサンスの黎明を画した人物、出来事なのだから。

あとがき

第Ⅰ部、第Ⅱ部に共通して流れていた通奏底音はやはり「エゴ」、それを介した「生命と秩序」の相克（対社会構造）に尽きる。この難題に真率、真摯に向き合ったのが戦時下、敗戦後の知識人伊藤整であった。いや、その前もその後もこの課題を背負って執筆活動を続けていく。政治的にはリベラルだったと言えよう。彼の『太平洋戦争日記』を読むと天皇への帰一という側面も見られるが、今回取り挙げた諸作品には顕著な独自の受苦の姿勢が貫かれている。ある意味で自分の見せ方に長けていた人物だったのかもしれない。

「我欲」というものが、人間を人間ならしめている素因で、エゴイズムなど、政治体制が往時ひとびとの理想としてきた、共産主義、社会主義体制の世になっても払拭されることはない、と整は言い切っているし、そうした点でマルクス主義者の論には反対である、とも明言している。それはわが国の政権与党の体質でも同様だし、野党がいつまでも統一を果たせないのも、代表や党首のエゴに原因があろう。さらに共産主義の諸国（中華人民共和国、朝鮮民主主義人民共和国〔北朝鮮〕など）は首長の独裁国家と化し、それはその首長のエゴの顕現以外の何ものでもない。

我欲までとはいかずとも人間みな必ず欲がある。欲のない純粋無垢な人間がいたとしても、それゆえに返ってつまらない人物に思える。伊藤整は文壇で生きた文士でそこでは主流派ではなく傍流の一橋大学系だった。東大でも早稲田でも慶応出身ではなかった。それなりに苦労したであろう。文壇の「白ネズミ」と自嘲できたからこそ、文壇で生き抜いてゆけたと考える。

伊藤整はレッテルを貼るのが実にうまい。きっとそうした目で一度見据えることで、問題意識が鮮明になって、その対立事項も浮かんでくるのだろう。「AとB」という対立名称がここに生み出される。事柄の位置が定まって、静的な印象をもたらし内容理解を容易にしてくれる。そのなかで「と」でつながれなくても生き生きとして迫ってくるのが「愛情乞食」だ。これにまさる造語はない。

はじめてこの言葉に出会ったとき私は唸り、考え込んだ。間違いない。私たち物書きは、いや創作活動に携わっているひとに共通する、エゴを上手に言い換えた文言だ。みな自分の作品を評価して認めてもらいたい。この願望は創作家に限ったことではない。あらゆるひとびとが愛情乞食に違いない。伊藤整文学の真骨頂はこの四文字熟語を認めつつ、抑えようとしても飛び出してゆく衝動に突き動かされながら、年輪を重ねるにつれ、熟成度を増していく。

本書では年齢的には壮年期の小説と評論を扱った。初期と後半、晩年がまだ残っている。次に目標を置きつつ、愛情乞食の私は一応筆を擱くことにする。

さて拙著は奥付をご覧になればおわかりのように、北海道の釧路市の版元からの刊行である。伊藤整も私も道産子だから、これに如く歓びはない。北の大地にこうした、軟とは決して言えない書の出版を進んでお引き受け下さった、もともと北海道に潜む「進取の気質」「開拓者精神」

あふれる版元の社長・編集長である藤田卓也氏の気概には感謝の念でいっぱいである。アイヌ民族をテーマに据えた書の出版を第一義とする書肆が文藝評論の刊行に挑んでくださったことに、「藤田印刷エクセレントブックス」の、今後の幅広い分野へのご躍進と隆盛を祈念したい。

北摂にて　澤井繁男

二〇二一年 小寒

澤井 繁男（さわい・しげお）
1954年、札幌市生まれ。高校時代から創作を始め、「有島青少年文芸賞」優秀賞受賞（札幌南高等学校時代）、上京して『第19次新思潮』の同人となる（東京外国語大学時代）。小説「雪道」にて、『200号記念北方文藝賞』、『第18回北海道新聞文学賞・佳作』を同時受賞（京都大学大学院時代）。その後、『三田文学』、『新潮』、『文學界』等に小説・評論・エッセイなどを発表。東京外国語大学論文博士（学術）、専門は、イタリア・ルネサンス文学文化論。元関西大学文学部教授。小説作品に、『若きマキアヴェリ』（東京新聞）、『復帰の日』（作品社）、『鬼面・刺繍』（鳥影社）、『三つの街の七つの物語』（未知谷）等が、評論・エッセイに、『臓器移植体験者の立場から』（中央公論新社）、『腎臓放浪記』（平凡社新書）、『生の系譜』（未知谷）、『京都の時間。京都の歩き方。』（淡交社）等が、イタリア関連書に、『魔術と錬金術』（ちくま学芸文庫）、『イタリア・ルネサンス』（講談社現代新書）、『ルネサンス』（岩波ジュニア新書）、『評伝カンパネッラ』（人文書院）、『自然魔術師たちの饗宴』（春秋社）等が、翻訳書に、E.ガレン『ルネサンス文化史』（平凡社ライブラリー）、W.J.バウズマ『ルネサンスの秋』（みすず書房）、ファーガソン他『ルネサンス――六つの論考』（国文社）、カンパネッラ『哲学詩集』（水声社、2020年度日本翻訳家協会・翻訳特別賞受賞）等がある。最新刊は『カンパネッラの企て』（新曜社）。

検証 伊藤整――戦時下と敗戦後の諸作品をめぐって

2021年３月28日　第１刷発行

編著者　澤井 繁男　SAWAI Shigeo
発行人　藤田 卓也　Fujita Takuya
発行所　藤田印刷エクセレントブックス
〒085-0042　北海道釧路市若草町３－１
TEL　0154-22-4165
FAX　0154-22-2546

印刷・製本　藤田印刷株式会社

ISBN 978-4-86538-117-7 C0095